ハーレムダンジョン
Harem Dungeon
エロ魔術師を退治せよ！
小説 竹内けん
挿絵 豊咲

ハーレムシリーズの世界

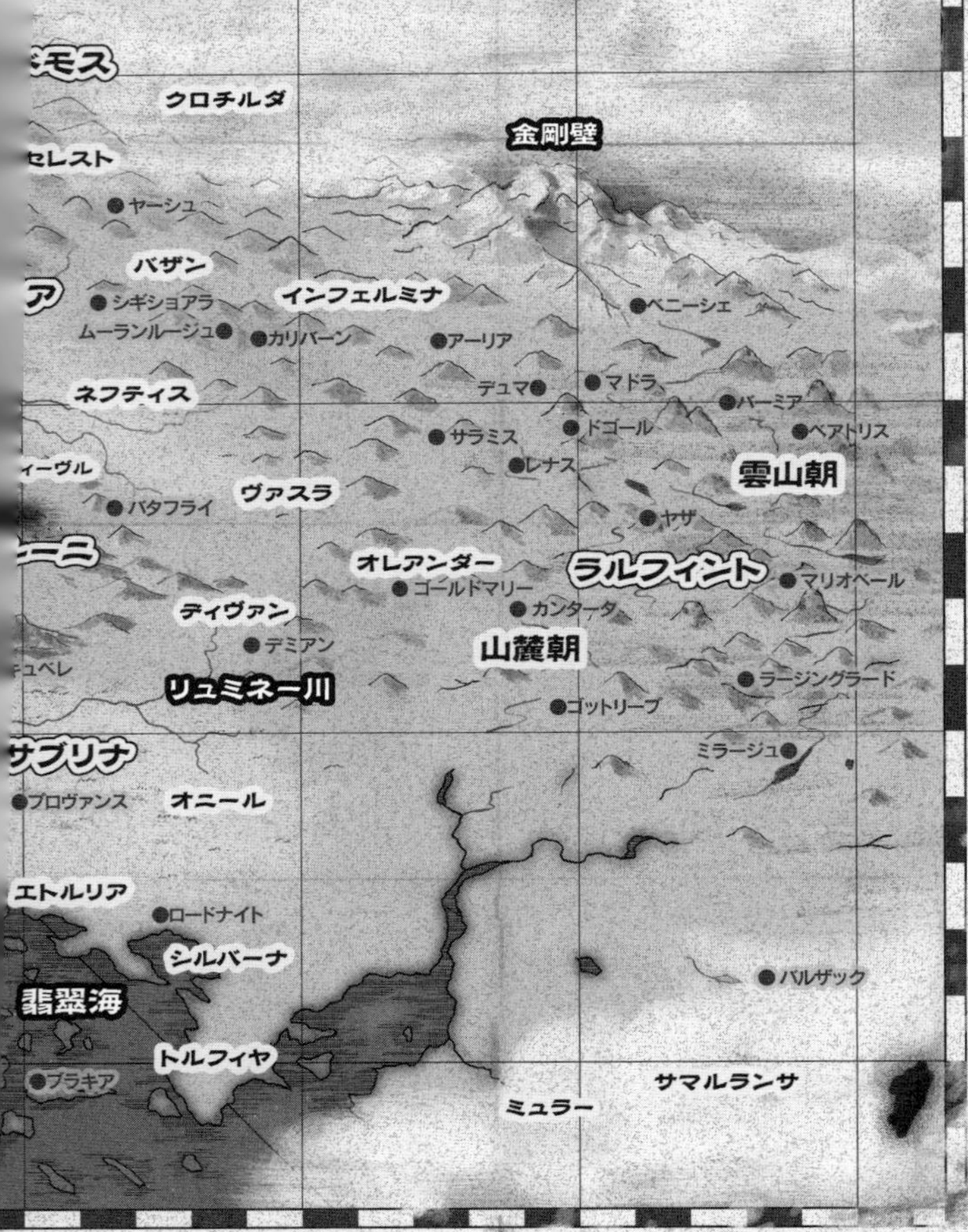

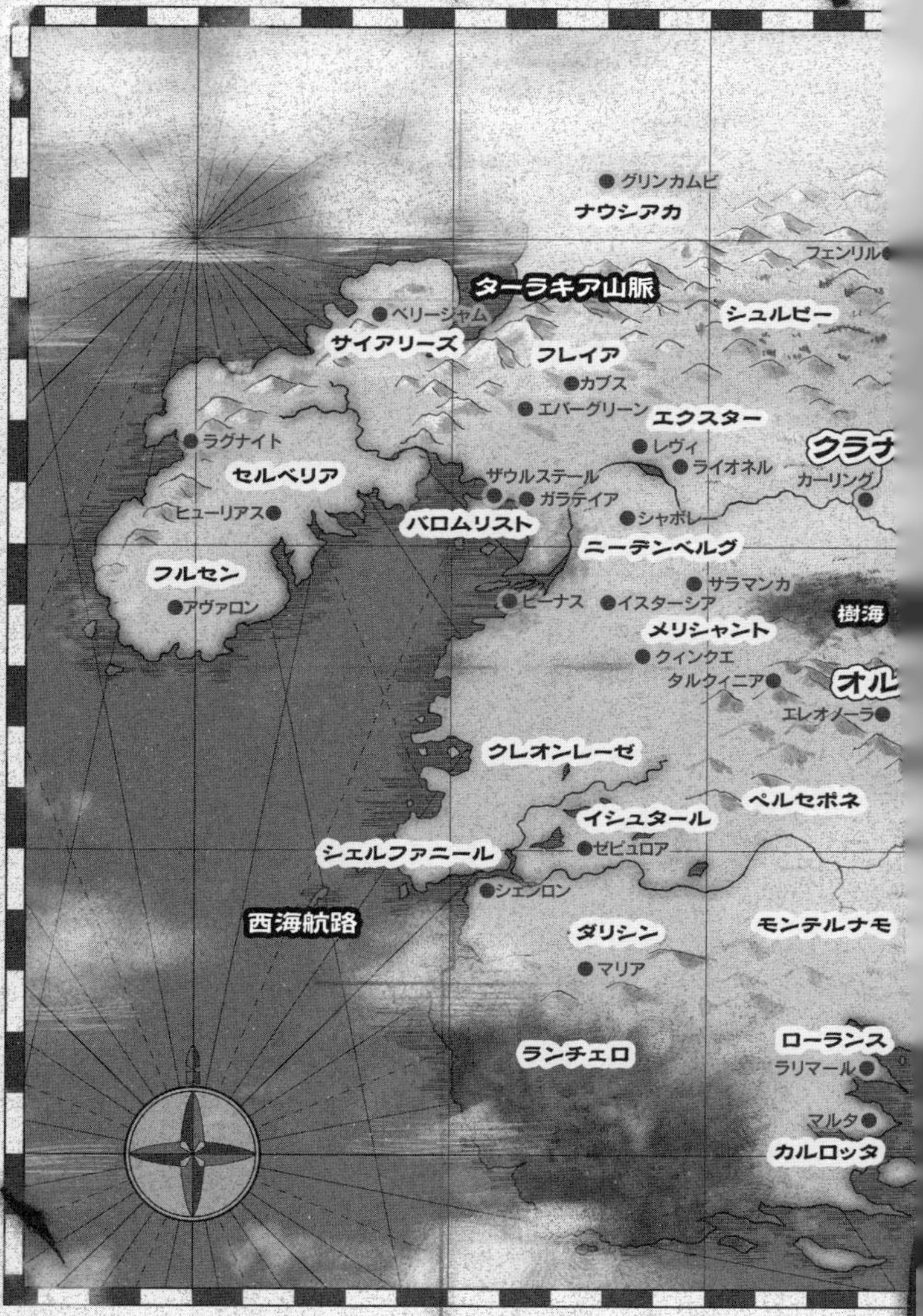
グリンカムビ
ナウシアカ
フェンリル
ターラキア山脈
ベリージャム
シュルビー
サイアリーズ
フレイア
カブス
エバーグリーン
エクスター
ラグナイト
レヴィ
ライオネル
セルベリア
ザウルステール
カーリング
ガラテイア
ヒューリアス
シャボレー
バロムリスト
ニーデンベルグ
フルセン
サラマンカ
ビーナス
イスターシア
樹海
アヴァロン
メリシャント
クィンクエ
タルクィニア
エレオノーラ
クレオンレーゼ
ペルセポネ
イシュタール
シェルファニール
ゼピュロア
シエンロン
西海航路
ダリシン
モンテルナモ
マリア
ローランス
ランチェロ
ラリマール
マルタ
カルロッタ

Characters
グリンダ
ラルフィント王国雲山朝の英雄、ダイスト将軍の孫娘。
ヴラットヴェインに弟子入りを志願する。
ガーベリヌ
ラルフィント王国山麓朝の王子、エダードの親衛隊隊長。
生真面目でクールな女騎士。

Harem Dungeon
シルフィード
ラルフィント王国雲山朝の王、ギャンブレーの娘。
仙樹教の大司教をつとめている。
アンジェリカ
『仙樹教の猟犬』と呼ばれる仙樹教の執行官。
パーンという名の弟がいる。
ヴラットヴェイン
悪名高い稀代の大魔術師。
少年のような姿をしているが、実年齢は百歳以上。

第一章　悪い魔法使いを退治しよう

「黄金よりも貴重なもの、それは愛〜♪　幾百万の屍の山を築いてでも貫く価値のあるもの〜♪　それは愛〜♪　故郷の山河を焼け野原にしても、親兄弟を売り払っても、愛のためならすべてが許される〜♪」

古城のバルコニーにて、一人の女が両腕を広げて情感たっぷりに歌っていた。

まるで月の光を滝として背中に流したような豊かな艶のある銀髪を波打たせ、女らしい凹凸に恵まれた体を、ぴったりとしたダークレッドのイブニングドレスで包んでいる。

胸の上が開いた形状で、肩がむき出しになったネックラインを持ったベアトップだ。

背中も大きく開いて、綺麗に浮き出た肩甲骨はもちろん、尻の割れ目まで見えそうである。

ロングスカートの左脇には腰骨の上までの大胆なスリットが入っていて、白く美しい脚線美を惜しげもなくさらしたさまは、見る者に、ノーパンなのではないか、という下卑た空想をさせるだろう。ある意味で裸よりも煽情的な装いだ。

長い脚の先には黒いクリスタルのハイヒール。

首の周りには魔法宝珠の豪奢なネックレスを下げ、手にも魔法宝珠をあしらった色とりどりの指輪の数々。

そのゴージャスな装いは、さながら歌劇の主役のようだ。

面細の顔は白い真珠を彫り刻んだかのように、つややかな肌をしていて彫りが深い。クールで神秘的な赤藤色の瞳。大きな口は、赤い禁断の果実を食した直後であるかのように濡れ光っている。

まず絶世と呼んで差支えのない美女であるが、その過剰なばかりの色香を振り撒く姿は、妖女と例えることこそふさわしいであろう。

大陸の東半分を支配し、千年もの歴史を持つ退廃と悦楽の王国の夜を彩るにふさわしいロマンティックな情景といえる。

それは仙樹暦1021年、春の夜。ラルフィント王国カレル地方にある古城での一幕であった。

「物騒な歌だなぁ」

女が歌い終わると、闇の中から溶け出るようにして、黒いローブを身に纏った少年が姿を現した。

最前までそこには人がいなかったはずだ。

月の光の中で妖女は、細い小首を傾げた。

「あら、坊や、どこから入ってきたの？」

「キミが呼んだんだよ。グリンダ」

名前を呼ばれた女は驚いた顔で少年の顔を見る。

年の頃は十代の前半だろうか。世間的には穢れを知らない年齢のはずだ。しかし、少年の目には年齢に不似合いな知性の色がある。

ややあってグリンダは、納得した。

「それではあなたが、ヴラットヴェインさま」

それは希代の大魔導士の名前であった。

おそらく貴族庶民を問わずに、ラルフィント王国の子供に「この世でもっとも悪い奴はだれかしら？」と質問したら、大半の者はその名前をあげる。

それほどまでに悪名高い魔術師だ。

ラルフィント王国は、一時は世界を征服するのは時間の問題と言われた超大国だった。

いまなお大陸の東側、大陸の四分の一を支配している。しかし、いまやだれも世界を征服するなどと思っていない。

なぜなら、雲山朝と山麓朝に分かれて、いつ果てるともない長い内乱状態にあるからだ。

その今日まで続くラルフィント王国の内乱の元凶を作ったと言われているのが、このヴラットヴェインである。

なにせ王家分裂の切っ掛けとなったのちの山麓朝の祖王弟オルディーンに加担して、討伐軍十万人の上に隕石を浴びせて壊滅させた。それでいて、負けて廃位させられたのちの雲山朝の祖、少年王ギャナックを連れ出して、今度はオルディーン軍を壊滅させたのだ。

その後も、歴史の要所要所に顔を出し、世を引っかきまわしてくれている。

虚実入り乱れているのかもしれないが、その節操のない行いは、世界に混沌をまき散らしているだけ、と思われても仕方がない。

「そういうこと。キミの熱烈なラブレターにほだされてやってきてあげたんだよ」

悪の権化を自称した少年は、皮肉げに口角をあげた。

王弟オルディーンの反乱が仙樹暦８００年代の出来事であったから、もし本物ならば百歳以上の年齢のはずだ。とてもこのようなこまっしゃくれた少年であるはずがない。

しかし、生きる伝説といって過言ではない魔術師である。年齢通りの外見とは限らないだろう。

ダークレッドのスカートをひるがえしたグリンダは大仰に跪《ひざまず》く。左の白い太腿をほとんど根本までさらしながら首を垂れる。

「初めてご尊顔を拝します。この世の理にもっとも通じし大魔導師ヴラットヴェインさま。あたくしは当城の主ダイストの孫グリンダと申します。齢は十八。ただいまトードの魔法学校に籍を置いております。ああ、偉大なる御方、あなたさまに邂逅できる日を一日千秋の思いでお待ちもうしておりました」

グレンダの声は上ずり、興奮を隠そうともしていなかった。

ヴラットヴェインと出会うのは並大抵のことではないのだ。

なにせ万人が認める悪人である。その首を取って名を上げようというものは事欠かない。

居場所が知られればただちに討伐軍が出される。

そこでグリンダは、彼とのコンタクトを求めてありとあらゆる手段を使った。

「傭兵ギルドに人探しの依頼をして、町中に張り紙をして、懸賞金までかけてくれた。あんなんでぼくが捕まると思ったの？」

「まさか、逆ですわ。あたくしが探しているということを派手に触れ回れば、師父のほうから必ずや会いに来てくださると愚考したのでございます」

「なるほど、ぼくはキミの策にハマったわけだ」

見た目は少年の黒衣の魔術師は、すべてを承知していると言いたげな偉そうな顔で、顎《あご》を摘まみながら語りかける。

「そこまでしてぼくに会いたかった理由は、ぼくの弟子になりたいからだって？」

「はい。ぜひ師父の謦咳に接したいと願ったしだいです」

顔をあげたグリンダは感極まりないといった潤んだ瞳で訴える。もっとも、いささか芝居がかっていて、胡散臭い。

「キミはかの英雄ダイスト将軍の孫娘なんだろ？　魔法を極めたいというのなら、ぼくなんかに頼るよりも、いままで通りトードに習ったらいいんじゃないのか？　あのいけ好かない野郎に」

ヴラットヴェインは自他ともに認める魔法の世界の第一人者だ。

しかし、世間の嫌われ者でもある。

一方で、グリンダの祖父ダイストとは、ラルフィント王国にて知らぬものとてない雲山朝の英雄だ。

一兵卒から双槍をふるい、流した血の量によって将軍位を獲得したような男だ。

彼の獅子奮迅の働きがなければ、雲山朝は潰えていたかもしれない。

特に山麓朝の英雄オグミオス将軍と何度も戦ったこと。その合戦絵巻は幾多の吟遊詩人が謳う人気の演目である。

未だに健在であり、生きる伝説だ。

グリンダは首を横にふるった。

「トード老は偉大な先達者でありますが、型に嵌まって面白くありませんわ。あの方は所詮《しょせん》、教育者。魔道の深淵、世界の真理を解き明かそうという気概を持ちません。既存の魔術などつまりませんわ。あたくしは魔術のすべてを知りたいのです」

「お嬢様の火遊びというわけか？」

ヴラットヴェインの嘲笑に、グリンダは即座に切り返した。

「あたくしは真剣ですわ」

見下ろす少年と見上げる美女の瞳が正対する。

「……」

折れたのはヴラットヴェインであった。負けたと言いたげに肩を竦《すく》める。

「もし、仮にキミを弟子にしたとして、ぼくになにかメリットはあるのかな？」

ヴラットヴェインが乗ってきたと察したグリンダは、ニヤリと笑う。

「あたくしのすべてを差し上げますわ」

「すべてとは？」

「文字通りすべてですわ。悪魔と取引するなら、魂を捧げるというのが相場でございましょう。身も心もすべて差し上げますわ」

宣言すると同時に、グリンダは立ち上がった。そして、右手でスカートの裾を掴み豪快にたくし上げる。

細く長い二本の足が大胆にさらされて、深いV字型の黒い紐パンが覗く。

アダルトな下着を丸出しにしながら、妖艶なる美女は嫣然と笑う。

「今宵は手付として、あたくしの処女はいかがかしら？」

「……」

さすがのヴラットヴェインも呆れて絶句した。ややあって口を開く。

「大胆なお嬢さんだ」

気取った仕草でパンツを見せつけたまま、グリンダは艶やかに笑う。

「もちろん、弟子となったからには、毎日でも奉仕しますわよ。師父はあちらもすごいのでしょう？」

「……」

「さぁ、寝台の用意も整えてありますわ。どうぞ、お入りになってください」

自らの美貌に絶対の自信を持っている女は、スカートをたくし上げたまま踊るように室内に入った。そして、そこにあったいかにも貴族のご令嬢が使用するにふさわしい豪華で大きな寝台に、ハイヒールのまま飛び乗ると、妖艶な笑みとともに初対面の男を手招きする。

「さぁ、師父に捧げようと磨き上げた体ですわ。ぜひ、この世ならざる快楽を教えていただきたいですわね」

「やれやれ、たいした胆力だね」

若い娘の誘惑に乗って、少年の姿をした老人は不用意に足を踏み入れた。

バタン！

突如として、ヴラットヴェインの背中で扉が閉まった。

同時に室内の空気が変わる。

「……」

あたりを見渡すヴラットヴェインを、寝台の上で寛ぐグレンダは意味ありげな笑みを浮かべながら見ている。

「魔法学校の学生などという半人前の魔術師が作ったとは思えない結界だ」

「あら、ありがとうございます。お褒めの言葉を受けて嬉しいのですが、残念ながらこれはあたくしの魔法ではありませんの」

ヴラットヴェインの賞賛を、グリンダは嫣然と受け流す。

「だろうね。これはちょっと一人では無理だ。この城の外壁をぐるりと囲んでいる。これは百人以上の魔術師が動員されている大魔法だ」

「ご名答。この結界はドラゴンがぶつかったとしても壊れませんわよ。試してみます」

「だれを挑発しているんだか」

ヴラットヴェインが結界を破壊する素振りを見せた次の瞬間、その背中に向かって、細い鉄線が走った。

シュン！

ヴラットヴェインは右手を払う。

その手には先の尖った細い棒が握られていた。

「わお、すごい」

寝台の上でグリンダは二つの目を大きく開いてみせた。

ヴラットヴェインは手にした細い棒をしげしげと眺める。

「珍しい武器だ。峨嵋刺と呼ばれる暗器だね」

ヴラットヴェインは手にした細い棒を、無造作に投げ返す。

臙脂色のカーテンの陰から、濃紺の貫頭衣を着た女が転がりでた。

「ちっ、さすがに簡単にはいかねぇか」

そう蓮っ葉に言いながら立ち上がった女は、仙樹教のシスターの装いをしている。

仙樹教は、ラルフィント王国の国教で、世界でもっとも信者が多い。暦さえも司る世界宗教だ。

女にしては背が高い。頭巾からは金灰色の長髪がのぞいている。手足が細く長いが、濃紺色の貫頭衣の上からもなかなかの巨乳であることが見てとれた。

鍛え抜かれた体は、シスターというよりも歴戦の女傭兵のようだ。

なによりもその顔には、凶悪な笑みが張り付いている。

ぜんぜん似合っていないシスターの装いをしている女と、少年の姿をした魔術師は対峙した。

「シスターにしては物騒だ。教団に仇なす者を粛清する執行官とか呼ばれる輩かな」

教団の裏切り者や、教団にとって都合の悪い者を暗殺するための組織である。つまり、仙樹教の暗部だ。

「さすがに物知りだな。爺」

「爺とは失礼な。ぼくはこんな若いよ」

隙なく構えているシスターに向かって、ヴラットヴェインは心外だといった顔で両腕を広げて訴える。

「百歳を超えた化け物が、若作りしてんじゃねぇよ」

「そういうキミだって若くはないだろ」

顎に手をあてたヴラットヴェインは、しげしげと不良聖職者を見る。

「二十七歳かぁ。もうすぐ三十路に手が届くというのに、処女というのは残念だね」

「っ⁉　て、てめぇ、なんでそんなことが……」

図星だったのだろう。強面だったシスターは動揺を隠し切れず、血相を変えた。

ヴラットヴェインは苦笑する。

「ぼくをだれだと思っているんだ。それぐらい見ればわかるよ。処女のお姉さん」

「シ、シスターなんだから処女なのは当然だろ」

必死に虚勢を張ろうとする不良聖女に、嘲弄する笑みで悪の魔術師は首を横にふるう。

「そうではないことは、キミもよく知っているだろ。シスターなんて表向き禁欲を誓っていても、裏ではたいていいい男を隠しているものさ。年増処女のお姉さん」

「ぐっ」

絶句するシスターを見て、寝台の上でグリンダは、バンバンとシーツを叩いて爆笑している。

「あはは、年増処女ですって。膜をつけたまま二十歳にはなりたくないものですわね」

そのさまに顔を赤くした武闘派シスターは、口角に唾を飛ばして叫ぶ。

「妙なあだなをつけるんじゃねぇ。あたしは、仙樹教の執行官アンジェリカ。『仙樹教の猟犬』と呼ばれている。あたしは獲物を逃がしたことはねぇ」

なんとか自分のペースを取り戻そうと凶悪な笑みを浮かべたシスターを横目に、ヴラットヴェインは寝台の上で寛ぐ奔放な女を見る。

「つまり、これは仙樹教が仕掛けた罠で、キミはそのための餌ということかな」

ヴラットヴェインの確認に、グリンダは膝立ちとなり右腕を下ろして優雅に一礼する。

「ご明察ですわ」

「人を罠にはめておいて悪びれるところなし、か？　キミは悪女の資質があるね」

ヴラットヴェインの皮肉に、グレンダは脱いだハイヒールを、右手の人差し指にかけてクルクルと回しながら応じる。

「罠にハメただなんて、そんなつもりは毛頭ありませんわ。ただ師父にお会いするにはこうするしか手段がありませんでしたの。師父ならばこの程度の危機など、なんなく突破すると信じておりますわ」

　逆に言えば、この程度の罠を抜け出せないやつになど、師事する気はないということだろう。

「ぼくを試すとか、ほんといい根性しているよ」

　両手を広げた魔少年は、呆れた表情で肩を竦めた。

「ふん、その痴女の思惑はともかく、ここが貴様の墓場さ」

　右手に凶悪な鉤爪をつけたシスターは、ヴラットヴェインの背中に襲いかかってきた。

「魔術師なんて接近しちまえばこっちのもんだ」

「みんなそう言うんだよね。その程度の作戦で仕留められるなら、ぼくは遠の昔に死んでいないとおかしいよ」

　ごく無造作にヴラットヴェインは右手を背後に突き出す。

　襲い来るシスターの鼻先に、ガラスのような魔法の防壁が出現した。

「ふっ」

　冷笑を浮かべたアンジェリカの振るった鉤爪は、魔法防壁をやすやすと切り裂いた。

「っ⁉」

　目を剥いたヴラットヴェインは慌てて身をひるがえすが、鉤爪はローブの裾を裂いた。

　一太刀浴びせることに成功したアンジェリカは、口元に会心の笑みを浮かべて勝ち誇る。

「驚いたか？　爺。この爪は、魔法障壁を切り裂く」

「仙樹教の秘密兵器といったところかな？」

「そういうこった。技術というのは日進月歩なんだ。ロートルの時代は終わったんだよ。あのお方の理想のため、貴様はここで死ね」

アンジェリカは再び躍りかかった。ヴラットヴェインの放つ魔法を鉤爪で粉砕しながら間合いを詰める。しかし、少年の外見をした魔術師はひょいひょいと躱《かわ》す。

「えーい、爺のくせにちょこまかと」

「いや、それが当たったら痛いでしょ」

ヴラットヴェインとアンジェリカが追いかけっこをしていると、部屋の扉が開いて、全身を黒い鎧で包んだ騎士が現れた。

「そこまでだな。シスター、退け！　わたしが仕留める」

「くっ」

黒鎧の騎士は、身の丈にも匹敵する巨大な剣を握っていた。

フルフェイスだから顔はわからない。しかし、鎧の隙間から聞こえてくるのは、低音の女の声だ。

「貴様がヴラットヴェインか！」

「そうだよ、黒鎧のお嬢さん。顔を見せてくれないかな？　初対面の人と挨拶するときには被り物を取るのが常識だと、礼儀作法で習ったでしょ」

「世迷言を。我はラルフィント王国の王子エダードが親衛隊隊長ガーベリヌ、参る！」

宣言と同時にフルアーマーの騎士は、鎧を着ているとは思えぬ動きで突っ込んできた。

「おっと」

巨大な剣の一撃を避けながら、ヴラットヴェインが魔法を放つ。

バチン！

黒い鎧の胸甲に当たった魔法は、火花を上げて弾かれた。

「無駄だ。この鎧には魔法は通用しない」

「ぼくの魔法弾を弾くとはすごい」

ヴラットヴェインは素直に感嘆した。

「しかし、エダードって山麓朝の王子様だろ。ここは雲山朝の英雄ダイストの領国だったはずだよね」

「あらあら、師父も混乱しているようですわね」

ヴラットヴェインの疑問に、寝台の上のグリンダは、盛り上がった胸部を強調するように反り返った無駄にセクシーなポーズで答える。

「問答は無用」

ガーベリヌは会話を楽しむ気はないようだ。それどころか、室内の調度品などにも委細構わず大剣をふるう。

花瓶が割れ、壁が裂け、さらにはグリンダが寛いでいた寝台も真っ二つにした。

「きゃっ、ちょっと⁉」

危うく刃を避けたグリンダは抗議の声をあげるが、黒き颶風となった女騎士は見向きもしない。

ついには横なぎに振るわれた大剣の一振りで壁が壊れた。いや、どうやら、部屋を支えていた大黒柱を叩き斬ったようだ。

ゴ――――!!!

部屋が崩れだした。

二階建ての尖塔が崩れて、たまらずヴラットヴェインも室外に飛び出す。

「まったく、無茶なお嬢さんだ」

濛々と舞い上がった埃を払ったヴラットヴェインのまえ一面には、大勢の兵士がいた。

その数、ゆうに百人を超える。

彼らの槍の穂先と弓矢の鏃《やじり》を、一斉に向けられたヴラットヴェインは、彼らの装備や旗印を見て感嘆する。

「これは驚いたな。本当に雲山朝の兵士と山麓朝の兵士が協力しているのか」

すかさず瓦礫の上に陣取ったグリンダの華やかな声が割って入る。

「は～い。不倶戴天の仇同士である雲山朝と山麓朝が、巨悪ヴラットヴェインを討つという一点で協力したのですわ」

「解説ありがとう」

律儀に礼を言ったヴラットヴェインは横目で部隊の長と思しき男をみる。

「しかも、指揮をしているのはダイスト坊やか。とはいえ、ここはキミの城だったもんね。いて当然か」

両手にそれぞれ短槍を持った老人だ。ラルフィント王国の長い歴史の中でも、こと匹夫という意味なら、この老人に勝てる者はいないだろう。そう思わせるだけの実績がある。

さらにヴラットヴェインの後ろには、鉤爪を構えたアンジェリカと、大剣を構えたガーベリヌが立つ。

「あはは、たいへ～ん、まさに絶体絶命ですわね」

残骸の上に腰を降ろしたグリンダは、楽しげな狂笑をあげている。

そのさまをチラリと見てヴラットヴェインは、兵たちを統率している老人に声をかける。

「ダイスト坊や。言っとくけど、あんたの孫娘のほうから誘惑してきたんだよ。怒るのは筋違いだ」

「わかっており申す」

一時代を築いた英雄は糞真面目に答えた。ヴラットヴェインは肩を竦める。

「キミ、孫の教育を間違ったね」

「若い娘は恐れを知らぬだけでござる」

「ふっふっふっ、でも、この性悪ぶりは少し惚れてしまいそうだよ」

ヴラットヴェインの軽口に、グリンダはわざとらしく両手で頬を押さえる。

「あら、嬉しい♪」

それを無視してヴラットヴェインは言葉を紡ぐ。

「雲山朝と山麓朝の手を結ばせ、さらにダイスト坊やほどの大物を引っ張りだせる人物となると限られてくるな。さて、この計画を立てたのはだれかな？」

「……」

その問いにだれも答えなかった。ヴラットヴェインは空を仰ぐ。

夜空に、大きな満月が皓々と浮かんでいた。

それを背景にして、高い塔の上に一人の女性がいた。

「間を取り持ったのは彼女か……」

緑色の長髪を棚引かせて、白いドレスを纏った女だ。

手には錫杖を持ち、金の髪飾りをつけている。

年の頃は三十前後。見るからにやんごとなき身分の人物だ。

女らしい凹凸に恵まれた成熟した肉体を持つ、これぞ絶世の美女。女神という呼称こそ

ふさわしいだろう。

それでいて地上のヴラットヴェインを蔑むというよりも、ゴミムシを見るような目で見下ろしている。

「たしか仙樹教の大司教シルフィードだったかな。ギャンブレーくんの娘さんだっけ」

ギャンブレーとはラルフィント雲山朝の三代目の国王だ。

シルフィードは、このとき三十歳。今年、大司教の座についた。

この若さで教団のトップに立てたのは、もろちん、親の七光りである。

しかし、本人の資質もなかったわけではない。

彼女は生まれてすぐに出家させられた。

王族でも貴族でも、多くの子供を儲けると一人ぐらいは出家させて一族の菩提を弔わせるものだ。

彼女は己が運命を呪うことなく、シスターとして積極的に活動した。そのため聖女として国民に大変な人気があったのだ。

「わが父の名を気安く呼ばないでもらいましょう」

「ぼく、キミに恨まれるようなことしたっけ？」

気楽に質問してくる下賤の魔術師に、月光を背にした女神は淡々と答える。

「あなたは存在そのものが悪です」

「それは酷い。この世に生を受けたものは、みな等しく仙樹の赤子ではないの？」

ヴラットヴェインの嘲笑は冷厳と無視された。

気高き大司教猊下は錫杖を高らかに翳した。

「おのおの方、いまこそ賊徒に天罰を与えるのです」

「おう」

「勇者たちよ、悪を討つのです」

美しき聖女の鼓舞を受けて、百人からなる精鋭が一斉に、ヴラットヴェインに襲いかかる。

「面倒臭いな」

ヴラットヴェインが右手で天をひと撫でると、天空に雷撃がほとばしった。

空から飛来する矢の雨が薙ぎ払われる。

大地からは穂先をそろえた兵士たちが間合いを詰める。

そちらには左手を突き出す。

竜巻が起こり、兵士たちが塵芥《じんかい》のように吹っ飛ぶ。

「わお、さすがです。師父。雲山朝、山麓朝から選び抜かれた精鋭たちをまったく寄せ付けないだなんて、あたくし、濡れてしまいますわ」

高みの見物を決め込んでいるグリンダは、身もだえて喜ぶ。

「たったこれだけの人数で、ぼくを止められると思ったの。ぼくを捕まえるなら最低でも一万人は用意してくれないと」

それは根拠のないハッタリというわけではない。

ヴラットヴェインは、かつてバルザック城にて、時の英雄大将軍モーレ率いる十万人を大魔法で蹴散らしたという実績があるのだ。

しかし、魔法に耐え抜いた者もいる。

魔法の嵐を切り裂いて、短槍が襲いかかる。

ブス！

槍の切っ先が、ヴラットヴェインの左脇腹を貫いた。

「おっと。さすがは老いたりとはいえ、世界最強と呼ばれた戦士」

ヴラットヴェインは他人事のように軽口を叩いたが、口元から吐血した。

プス！

「っ」

ヴラットヴェインの右目に峨嵋刺が一本、突き刺さった。

「スケベ爺め。希代の魔術師といっても、所詮は男。処女の色香に釣られたわけか」

その死角を狙って大剣が襲った。

「取った！」

黒騎士ガーベリヌの斬撃だ。

バス！

ヴラットヴェインの右腕が、二の腕から斬り飛ばされた。

「いや、これは参った」

たまらずヴラットヴェインはよろめく。

右目と右腕を失った少年は、顔の半分を血で染めながら天を仰いだ。

普通の人間であれば致命傷だ。生きているのが不思議な重傷である。

その壮絶な姿でなお、ヴラットヴェインは不敵に笑った。

「これはかなわないな。逃げるとしよう」

雲霞のように襲い来る敵に辟易したヴラットヴェインは、地を蹴って飛翔した。

「逃がさん！」

鋭い咆哮《ほうこう》とともにダイストは槍を一本、投擲した。

ヴラットヴェインの腹部から肩甲骨にかけて貫く。

しかし、槍が刺さったままヴラットヴェインは飛び続ける。

「愚かな。逃がすと思いますか」

塔の上のシルフィードは余裕の嘲笑を浮かべる。

城の周囲には魔法の結界が張られていた。飛翔して逃げることは不可能と確信しているのだ。

しかし、ヴラットヴェインの目指した方向は城外ではなかった。塔の上を目指している。

「しまった。シルフィードさまを狙うつもりか⁉」

アンジェリカが悲鳴をあげる。

「やぶれかぶれの相打ち狙い⁉」

黒い鎧の騎士は唸り声をあげる。

戦争において、頭を狙って一発逆転を狙うのはよくある戦法だろう。

「笑止っ」

焦る信者たちが見守る中、シルフィードは決然と迎え撃った。

彼女が錫杖を翳すと、ヴラットヴェインの行くてに、魔法障壁が出現する。

そこに血達磨の魔少年は頭から突っ込んだ。

普通であったなら、ヴラットヴェインの体は蹴鞠のように弾き飛ばされたことだろう。

しかし、その体は一本の矢となったかのように、頭から魔法防壁に突き刺さっている。

「くっ」

奥歯を噛みしめたシルフィードは気合いを入れなおした。

魔法の力勝負となったのだ。

ビリビリビリビリ……。

魔法光があたりに飛び散った。巨大な魔力のぶつかり合いに、夜の空気が震える。そして、一方が弾け飛ぶ。

バリン！

ヴラットヴェインは魔法障壁を突破したのだ。

「っ⁉」

初めてシルフィードの顔に焦りの色が浮かんだ。

魔法に全力を出していたシルフィードは、無防備に佇立《ちょりつ》している。そこにボロボロのヴラットヴェインが頭から体当たりするのだ。

なんら特別な攻撃魔法を放たれなくとも、その質量のものが当たればシルフィードはただでは済まないだろう。もちろん、ヴラットヴェインは言うまでもない。

「シルフィードさま⁉」

ヴラットヴェインとシルフィードが激突しようとする寸前、その狭間に少年が立ち塞がった。

年の頃はまだ十代の半ば。金灰色の髪をした利発で愚直そうな男の子だ。

「パーン！」

叫んだのは地上のアンジェリカだ。

この少年は、アンジェリカの弟で、現在はシルフィードの身の回りの世話をしている小姓であった。まだ年若いゆえに剣も魔法も満足に使えない。しかし、それだけに司教に対する絶対の忠誠心を持っていた。

彼とヴラットヴェインは激突する。

血飛沫を上げた少年は錐もみ状態で吹っ飛ぶ。しかし、そのおかげでヴラットヴェインの起死回生の突撃は失敗に終わった。

「……ガキ」

最後の力を振り絞っただろう一撃は不発に終わり、希代の魔術師は力尽きた。塔の上から、元来た大地へと落ちる。

魔法を使い果たしたのだろう。文字通りに大地に向かって垂直に落ちた。

ドスン！

五階建ての建物の屋根から落ちたようなものだ。即死だろう。

いや、そのまえに死んでいないとおかしい重傷を負っていた。

「……死んだのか？　あのヴラットヴェインが」

ラルフィント王国の国民であったならば、だれもが知る悪い魔法使いの最期に、みな息を飲み、一様に押し黙る。

ややあってグリンダは肩を竦める。

「残念。この程度の男でしたのね」

「よせ。完全に罠にハマった状態から、雲山朝、山麓朝から選び抜かれた精鋭をまったく寄せ付けなかったのだ。間違いなく化け物だよ」

孫娘の評価を、ダイストはたしなめる。

「はいはい」

グリンダは面白くなさそうに受け流した。

一方、塔の上のシルフィードは身を挺して守ってくれた小さなナイトを、自らに返り血がつくこともいとわずに抱きしめる。

「シルフィードさま、ご無事ですか？」

少年の全身の肉が裂け、骨が砕けている。想像を絶する痛みに顔を引きつらせながらも、少年はけなげに笑った。

「はい。あなたのおかげですよ、パーン」

「よ、よかった。シルフィードさまさえ無事なら、ぼく……」

ぐったりと脱力する少年をシルフィードは抱き寄せる。

「死なせません。必ず助けます」

シルフィードは、必死に治療魔法を唱える。

※

「よくやってくれました」

忠臣の治療を終えたシルフィードは浮遊の魔法を使い、塔の上からゆっくりと落下してきた。

そして、大地に降り立つ。

ダイスト、グリンダ、アンジェリカ、パーンは心配ありません。上で休ませています」

「アンジェリカ、パーンは心配ありません。上で休ませています」

上司の言葉に、アンジェリカは安堵の吐息をついた。

「シルフィードさまを身を挺して守るなど、愚弟にしてはできすぎです」

「うふふ、あの子はわたくしの命の恩人ですよ。褒めてあげなさい」

そう優しく笑ってから、シルフィードは表情を改めて一同を見渡す。

「巨悪ヴラットヴェインの討伐。これによって雲山朝と山麓朝が手を取り合うことができるという実績ができました。これは小さな一歩かもしれませんが、協力関係は築けました。手を取り合うことができるのです」

「まったく、そういう政治の話にぼくを巻き込まないでもらいたいな」

「っ⁉」

聞こえるはずのない声。死んだ人間の声を聞いて、シルフィードをはじめとしたその場の人々は絶句した。

確実に死んでいると思われたヴラットヴェインが立ち上がったのだ。

「なっ」

首は半ば取れかかり、腹部には大穴が開いている。右腕は失われ、右目には針が突き刺さっていた。足もあり得ない方向に折れ曲がっている。

そんな人間が立ち上がったのだ。まるでホラーだ。

みなが戦慄する中、ただ一人歓喜の声をあげた女がいる。

「まぁ、すごい」

グリンダだ。

「なんで生きていますの？」

「その答えは、キミがぼくの弟子になれたら教えてあげるよ」

どう見ても死体としか思えないヴラットヴェインは平然とのたまう。

「おのれ怪物！」

シスターアンジェリカは、即座に峨嵋刺を放った。

ヴラットヴェインの眉間に突き刺さる。

「だから痛いって」

血を噴水のように出しながら、ぜんぜん痛くなさそうにヴラットヴェインはのたまう。

「今日のところはぼくの負けだね。ここらでお暇させてもらうよ」

「逃がすと思っているのですか？」

シルフィードは錫杖を翳し、即座にダイスト、ガーベリヌ、アンジェリカがヴラットヴェインを囲む。

「逃げるだけならいつでもできたさ。でも、手ぶらで帰るのもなんだと思ってね。手土産のひとつぐらいは貰っていくよ」

「なんのことです？」

シルフィードは眉を顰《ひそ》める。

「これなんだ？」

ヴラットヴェインが左手に翳したもの。それは緑色の布であった。

（ブラジャー⁉）

それと察した瞬間、シルフィードは自らの胸元を手で押さえる。

いつの間にかシルフィードのブラジャーが抜き取られていたのだ。

「あはは、シルフィードちゃんは見た目通り巨乳だね。こんなでっかいブラジャーを見たのは初めてだ。返してほしかったら追ってくるといいよ」

「ふん」

ガーベリヌの大剣が、ブラジャーを翳したヴラットヴェインの左腕を切り落とした。

しかし、ヴラットヴェインの体はかき消えた。

「瞬間移動っ⁉」

グリンダが感嘆の声をあげる。これも並の術者にはできない業だ。

おそらく、先ほどまで張られていた結界が維持されていたならば、成功しなかっただろう。

しかし、ヴラットヴェインが死んだと思い、結界を解いてしまっていたのだ。

シルフィードは叫んだ。

「相手は手負いです。遠くには行っていないはずです。追いなさい。決して逃してはなりません」

「はっ」

ただちにヴラットヴェインの追討軍が出された。

※

「やぁ、お三方、よく来たね」

仙樹教の大司教シルフィードの指導の下、ヴラットヴェインの捜索は行われた。

巨悪を倒すために、雲山朝と山麓朝が協力したのである。その捜索に動員された人数は、実に十万人規模であった。

その結果、ついに隠れ家は発見される。

大捕り物があったカレル地方からほど近い山の中だ。一見鍾乳洞の入口と思える洞穴があり、その中が巨大なダンジョンになっていたのだ。

中に入った者は無事に帰れぬ、魔の洞窟。

討伐隊は何度も突入するも失敗。

その報告に業を煮やしたシルフィードは、選び抜いた少数精鋭を突入させることになる。

すなわち、山麓朝の黒騎士ガーベリヌ、仙樹教の執行官アンジェリカ、そして、雲山朝の魔女グリンダである。

さすがにダイスト将軍ほどの重鎮を、前線に投入することはできない。

彼女たちが入口に立ったところ、どこからともなく黒衣の少年が姿を現した。

「お元気そうですね。師父」

グリンダの艶やかな挨拶に、ヴラットヴェインは苦笑する。

「そうでもないよ。体中の至るところが痛い痛い」

「国賊っ⁉」

ガーベリヌは即座に斬りかかった。

しかし、大剣は手ごたえなく、大地に突き刺さる。

「おっとガーベリヌちゃんは短気だね」

「幻か」

アンジェリカが憎々しくうなる。

「そういうこと。でも、安心して、ぼくはこの中にいるよ」

「なんでそんな穴蔵の中に籠もっているのさ。伝説の魔導士の名が泣くよ」

　アンジェリカの挑発に、ヴラットヴェインの幻は肩を竦める。

「決まっているでしょ。キミたちのせいでぼくは弱っている。いまならぼくを殺せるかもしれないよ。挑戦してみたらどうかな？」

「言われるまでもない。わたしは王子のために手柄をあげる」

　ガーベリヌの返答に、ヴラットヴェインは苦笑する。

「キミは忠臣だね。王子様に求められたら、大喜びで股を開きそうだ」

「みだりに舌を動かすな。ねじ切るぞ」

　鎧の隙間からドスの利いた声が噴き出す。

「照れない照れない」

　一向に恐れないヴラットヴェインの態度に、黒鎧の中から怪気炎が上がっているようだ。

「すぐにでもその首を叩き落とす。ダンジョンの奥で震えながら首を洗って待っているといい」

「おお怖い。でもまぁ、ぼくは美人を殺さない主義だから、キミたちは安心して挑んでくれていいよ。せいぜい恥ずかしい目に遭うくらいだ。ちょっとしたレジャーだと思ってほしい」

「ふざけたことを」

アンジェリカは吐き捨てる。

「あの御方の理想のため教敵は討つ」

それぞれの所属している組織のために、アンジェリカとガーベリヌは競ってダンジョンの中に入っていく。

最後尾で進もうとするグリンダに、ヴラットヴェインは声をかける。

「キミはまだぼくの弟子になりたいのかい？」

「はい。あの完璧な包囲網を突破する姿を見せつけられたら、惚れずにはいられませんわ」

弾んだ声を出すグリンダを振り返って、アンジェリカは顔をしかめる。

小娘の言動が、ヴラットヴェインを惑わす策略なのか、本気なのか判断しかねているのだろう。

ガーベリヌは兜のために表情はうかがい知れない。

「それじゃ、こうしよう。もしキミがダンジョンの最深部、ぼくの下までたどり着けたら弟子にしてあげるよ」

「本当ですの？　二言はありませんわね」

「うん、約束だ」

ヴラットヴェインの言葉に、グリンダは歓声をあげる。

「いいですわね。俄然、やる気が出てきましたわ」

かくして、仙樹教、山麓朝、雲山朝、それぞれに所属する女たちは、悪の大魔導士の籠もるダンジョンに挑むこととなった。

第二章　エロダンジョンにようこそ

「若い女性を楽しませるためのアトラクションをたくさん用意してあるから、せいぜい楽しんでいってよ」

　悪の魔導士ヴラットヴェインの籠もるダンジョンに、山麓朝の黒騎士ガーベリヌ、雲山朝の魔女グリンダ、仙樹教の執行官アンジェリカは足を踏み入れた。

　通路は鉱山の坑道のようなむき出しの土壁ではなく、まるで城の回廊のようである。床は磨き上げられたかのような石畳。天井には豪華なシャンデリア、壁には絵画などが飾られている。

　天井から煌々とした魔法光がともされていることもあって、松明の類を持つ必要もない。

「ふん、無駄に見栄を張っているわね」

　忌々しいと言いたげに鼻を鳴らしたアンジェリカは、ジト目で背後を見た。

「ところで、なんで貴様がついてきているんだ」

「ここはぼくの家だよ。客人をもてなさないと」

　三人の女のあとに続きながら、黒衣を纏った少年の幻影は平然と嘯《うそぶ》く。

「はぁ～」

それ以上の非難はせずに、アンジェリカは諦めの溜息をついた。

所詮は幻影。斬っても斬れないということは実証済みである。

この化け物をしばくには、とにかくダンジョンの最深部に行って、本体と会うしかないのだ。

しばし足を進めたところで、再びアンジェリカが口を開いた。

「どのくらいの広さなんだ」

「さてね。それは奥に進んでみてからのお楽しみだ」

ヴラットヴェインの返答に、一同は肩を竦める。

「まぁ、簡単ではないことはたしかでしょうね。ところで師父、あたくしたちが足を踏み入れるまえに入った討伐隊は撃退されたようですけど、それ以前にここに来た者はいないのかしら？」

ダンジョン探索だというのに、気取ったセクシードレスに、ハイヒールという探検家が見たら激怒するだろう装いのグリンダが質問する。

「いや、定期的に来客はあるよ。キミたちみたいにね。世の中にはぼくを倒して名をあげたいという人が多いからね。または、キミみたいにぼくの研究を盗もうという輩がね」

「あら、バレました」

グリンダはお茶目を装って舌を出す。

「まったく、ぼくみたいな学究の徒を虐めて何が楽しいんだろうね」

ヴラットヴェインは肩を竦める。

「キミに限らず若者はうぬぼれるものさ。キミは魔法の才能だけなら、ぼくよりあるという自負を持っているんだろ。そして、ぼくの魔法の研究の成果を得られれば、ぼくよりすごい魔術師になれると思っている」

「うふふ、師父はなんでもお見通しですわね」

グリンダはお手上げと言いたげに、両手を上げてみせる。

「キミみたいな思惑でぼくに近づいてきた者は初めてではないということさ。魔道を志すものは否応なくぼくの名前にぶち当たるんだろうからね。そして、ここはそんな命知らずな若人たちをもてなすためのいわばアトラクション施設なのさ」

「アトラクション……ね」

二人の会話を聞いていたアンジェリカは胡散臭そうにあたりを見渡す。

「ちなみに挑んだ人々はみんな死にましたの？」

グリンダの質問に、ヴラットヴェインは首を横にふるう。

「いや、ぼくは平和主義者だからね。基本的にはこのアトラクションを楽しんでもらったあとは丁重にお帰りいただいているよ」

「本当ですの？　そんな部屋に入った蠅を殺さずに、そっと外に逃がすような真似を」

グリンダは意外そうな顔をする。

「うん、男の人はだいたい自信をなくして田舎に帰っちゃうね。腕一本で成り上がるのは無理という現実を悟ってしまうのだろう。女の人はリピーターが多いな」

「リピーター？」

グリンダだけではなく他の二人も意外そうな表情をする。もっとも、ガーベリヌの顔は仮面に覆われていてわからないが、雰囲気を出す。

「ぼくは男だから、綺麗な女性にはついついサービスしちゃうんだよね。そのせいでハマっちゃうみたいなんだ。いわゆる快楽堕ちってやつだね」

「快楽堕ち。いい響きですわね。この先にどんな運命が待ち構えているのか？　想像するとワクワクしてきますわ」

両手で頬を押さえたグリンダは、大きな尻を左右に振ってみせる。

「あはは、キミは本当に面白い子だな」

「でしょ。その上、こんなに美人。ぜひ弟子にスカウトしたくなったんではありません？」

「それはこれからキミの実力を示してもらってから考えるよ」

そんな二人のやり取りに、アンジェリカが口を挟む。

「おい、そこの頭が涌いている痴女。こいつの弟子になるというのは、あくまでもこいつを呼び寄せるための演技だったはずだぞ。いつまで続けるつもりだ」

「あら演技ではありませんよ」

「てめぇ、シルフィードさまを裏切るつもりか」

殺気立つアンジェリカなど歯牙にもかけずに、グリンダは歌うように応じる。

「そんなつもりも毛頭ありませんわ。あたくしはシルフィードさまのために師父を全力で倒しますわよ。しかし、それで力及ばなかったら、しかたありませんでしょ？」

「おまえは仮にもあの大英雄ダイストの孫娘だろ。こんな犯罪者を慕ってどうするんだよ」

「魔道の道に善悪はありませんわ。あたくしはやりたいことがたくさんありますの。トードの下にいたのではなしえないこと。永遠の若さが欲しい。贅沢を楽しみたい。世の英雄豪傑をおちょくってやりたい」

夢見るように語るグレンダに毒気を抜かれたように、アンジェリカは肩を落とす。

「その危険思想。ダイスト将軍の身内でなかったら、粛清ものだな」

「うふふ、あたくしお爺様ももちろん、尊敬しておりますのよ」

そんな雑談を続けながら歩いていると、ふいにグリンダが目を見張る。

「あら、宝箱がありますわね」

通路の片隅に絵にかいたような宝箱が置かれていた。

「ああ、トレジャーハンターならば喜びそうだな」

アンジェリカは頷く。

「……」

　ガーベリヌは一瞥《いちべつ》しただけで歩を進める。

　グリンダも、アンジェリカも同じく足を止めずに宝箱を素通りしようとしたものだから、ヴラットヴェインが抗議の声をあげる。

「あれ、キミたち、宝箱だよ。開けないの？」

「……」

　三人は軽く互いの顔を見合わせたあとで、アンジェリカが面倒臭そうに口を開く。

「侮るな。そんな見え透いた罠にハマるか」

　ガーベリヌもにべもない。

「金銀財宝が入っていたとて、ここでなんの価値がある。武器武具の類が入っていたら呪いのアイテムだろ」

「第一にかさばりますわ」

　グリンダも重いものは持ちたくないらしい。

「我々が貴様を倒したあとに、適当な者が回収するだろう」

　そんな女たちの返答に、ヴラットヴェインの幻影は、心底残念そうにしょんぼりと肩を竦める。

「はぁ～、キミたちにはロマンがないなぁ。宝箱があったらとりあえず開ける。これが冒険の醍醐味だろうに」

　ガーベリヌは歩を進めながら吐き捨てる。

「我々の目的は、貴様を殺すことだけだ」

「殺伐としているな。人生には潤いが大事だよ」

　ヴラットヴェインの軽口は無視して、一向はどんどんと歩を進める。

　それにヴラットヴェインは慌ててついていく。そして、後ろからだらだらとどうでもいい話をしてくる。

「あの宝箱は特に罠はなかったよ。例えて言えば、よくこのダンジョンにたどり着いたという意味で、挑戦者たちへの参加賞が入っていたんだ」

「まぁ、なにが入っていましたの？」

　グリンダはさながら、夜の商売女が、オジサンに媚びるように雑談に付き合ってやる。

　気を良くしたヴラットヴェインはへらへらと笑って解説を始める。

「なんとぼくの考えた特製マジックアイテム。刀の柄がバイブになっていてね。地面に刀を突き刺すことで、女は騎乗位オナニーが楽しめるという代物だ」

「くだらない」

　そのあまりの低俗さに、さすがのグリンダも呆れた。アンジェリカは嫌悪を隠さず吐き捨てる。

「よく話すやつだ。ったく、ダンジョンマスターの案内付きのダンジョン探索というのもうざい……なっ⁉」

　ツルン！

　ふいにアンジェリカは修道服のスカートを乱して右足を頭上高くに上げて、豪快に転んだ。

「いてぇ――――」

　尻もちをついたアンジェリカは、なにを踏んだのかと確認して頓狂な声をあげる。

「バナナの皮だと⁉」

　ヴラットヴェインは大喜びである。

「あはは、罠にかかってくれて嬉しいよ。せっかく用意したのに、発動しないのは悲しいからね」

「ふざけろ！」

　アンジェリカは摘まみ上げたバナナの皮を、ヴラットヴェインに投げつけるが、もちろん、すり抜けてしまった。

　他人の傷口に塩を塗るのが大好きな性悪女グリンダは嬉々として笑う。

「あはは、そんな子供のお遊びのような罠にかかるとは、教団の執行官はなかなかわかっていらっしゃいますわね」

「たかが魔法学校の生徒風情があまり調子に乗るなよ」

アンジェリカは狂犬のような目で、アンジェリカを睨む。

「あら、少なくとも、バナナの皮で転ぶマヌケよりは強いですわよ」

グリンダは嘲りの表情で見下ろしている。

「……」

一触即発の事態に、ガーベリヌは面倒臭そうに仲裁する。

「くだらんことをやってないでいくぞ」

グリンダとアンジェリカは険悪な雰囲気をまき散らしながらも、ここで争いを起こしてもなんの意味もないと思ったのだろう。

しぶしぶガーベリヌに続く。

今度はグリンダの踏んだ床が沈んだ。

「っ⁉」

とっさに罠を踏んだと悟ったグリンダは、腰を落として身構える。

すると梃子《てこ》の原理で、鉄棒が背後から跳ね上がった。長さはグリンダの腰の高さ。

その先端には手を模した飾りがついており、人差し指が突き出された形になっている。

その指の切っ先が、薄手のスカートに包まれたグリンダの桃尻の谷間に吸い込まれる。

プスッ……

棒の長さは絶妙で、模型の指先は見事にグリンダの肛門を捉えた。

「っ⁉」

妖艶美人を気取っていた綺麗なお姉さんが、左右の目の大きさを変えて、唇をめくった、なんとも微妙な表情になって硬直する。

「……」

あたりが白黒になり時が止まったかのようだ。

そんな光景を見てヴラットヴェインは手を叩いて大喜びをする。

「浣腸～～～♪」

手を模した細工を手に取ったグリンダは、地面に投げつけるとともに顔を真っ赤にして叫んだ。

「子供ですか！」

声を荒らげるグリンダとは対照的に、アンジェリカは腹を抱えて笑う。

「魔法学校の秀才が聞いて呆れるな。それに刃物がついていたら、おまえ重症を負っていたぞ。それも肛門が裂けるという恥ずかしい怪我で」

「……」

グリンダは顔を真っ赤にしてワナワナと震えている。

おそらく、魔法がらみの罠であったら、グリンダは避ける自信があったのだろう。しかし、踏んだら梃子の原理で棒が飛び上がるなどという原始的な罠には対処しきれなかったのだ。

仲間たちの険悪な雰囲気の中、ガーベリヌが再び面倒臭そうに応じる。

「だから遊んでないで行くぞ」

ガーベリヌが歩を進めると、グリンダとアンジェリカは従う。

グリンダは、尻をさすりながらプリプリと怒っている。

「ったく、なんて低俗な罠を。伝説の魔法使いがこんな稚戯をするだなんて思いませんでしたわ」

「いやいや、キミたちはぼくの命を狙っているんだよ。ぼくは美人を殺さないことにしているけど、その代わり、それぐらいの報復は覚悟してもらわないとね」

ヴラットヴェインの言い分を認めたのだろう。怒りを抑えながらもグリンダは押し黙った。

今度は先頭を歩いていたガーベリヌの黒い具足が床を踏みぬいた。

グリンダのときと同じように、細い棒が跳ね上がる。グリンダと違うところは、まえから飛び出したことだ。

「マンチョウ〜〜〜♪」

ヴラットヴェインの合いの手とともに、指を模した玩具は、ガーベリヌの股間をまえから襲った。

カン！

鎧に弾かれた。

「……」

ガーベリヌはなにも言わずに足を進める。

グリンダとアンジェリカはとっさになんと声をかけていいかわからなかったらしい。代わってヴラットヴェインが声をかける。

「ガーベリヌちゃんはノリが悪いな。なんか反応してもらわないと」

「敵と馴れあうつもりはない」

にべもなく応じたガーベリヌは、何事もなかったようにどんどんと歩を進める。

「いや～、キミはハードボイルドだね」

ヴラットヴェインの仕掛けたくだらない罠は、それからもいくつかあったが、さすがに女たちは警戒しており、二度とハマることはなかった。

やがて通路が三差路となったところで、初めてガーベリヌが足を止める。

「分かれ道か？」

グリンダが傍らの家主に質問する。

「どちらが師父の部屋に繋がっているのですの？」

「それは選んでからのお楽しみだ。正解は三分の一、いや、すべてが不正解。あるいはすべてが正解という可能性もある」

ヴラットヴェインの楽しげな声に、三人の女は忌々しげな顔を見合わせる。

鎧の隙間からガーベリヌが答えた。

「そう広いわけでもないだろう。三方に別れよう。適当に探索したあとで、再びここを合流地点とする。それでどうだ？」

「さすが騎士隊長、仕切るね」

アンジェリカの揶揄に、ガーベリヌはごく真面目に応じる。

「他に代案があるのか？」

「いや、ないよ。どうやら、死ぬような危険な罠はないようだからな。それでいいんじゃね？」

「そうですわね。では、あたくしはこちらに向かいますわ」

「……」

グリンダは右手に行き、アンジェリカは中央、ガーベリヌは左手に向かった。

軽く考えた黒衣の少年は、貫頭衣の女性の後ろについていく。

※

「なんであたしについてきた？　あの尻軽女と一緒にいればいいだろ」

慎重に通路を確認しながら進むアンジェリカからの質問に、ヴラットヴェインは応える。

「シルフィードの思惑を、キミが一番よく知っていると思ってね」

「シルフィードさまの思惑？　そんなものは見ての通りだろ。貴様を倒すことによって、両朝の戦乱を止めたいとお考えだ」

「まったく酷い濡れ衣だよな。ぼくが両朝の争いの元凶だなんて。まして、ぼくが死んだからって両朝の争いが収まる道理なんてどこにもないのに。キミだってそう思うだろ」

ヴラットヴェインの言葉に、アンジェリカは首を横にふるった。

「あたしに難しいことはわからん。シルフィードさまが貴様の首をお望みだから殺す。それだけのことだ」

「シンプルだね」

「そうだ。あたしにことの理非を判断する気はない。シルフィードさまが白と言えば、すべてが白だ。シルフィードさまが命じれば、女子供だって嬲《なぶ》り殺せる」

非道なことを平気で主張するシスターに、悪の魔術師は苦笑する。

「なにがそこまでキミをしてシルフィードに忠誠を誓わせるのか、聞いていいかな？」

「仙樹教の教えのためだ」

「それは建前でしょ」

ヴラットヴェインの決めつけに、アンジェリカは肩を竦める。

「つまらん話さ。あたしは戦災孤児でね。ガキのころに家を焼かれ、親を殺された。乳飲み子の弟を抱えて途方にくれていたところを、シルフィードさまに拾われて、清潔な毛布と温かいスープを貰った。人間が命を捧げるには十分な理由だろ」

「……まぁ、ありがちだよね」

「そう、ありきたりだからこそ、あたしを説得しようなどと考えるのは無駄だぜ。シルフィードさまのために、必ず貴様という悪魔を殺す」

アンジェリカは凶悪な笑みで、ヴラットヴェインを見下ろす。

「はいはい。キミという人間がなんとなくわかったよ。そんなんだからせっかくの美人なのに、処女なんだ。キミにはやっぱり男が必要だね。一刻も早く処女を捨てるべきだよ。膜越しに見る世界は、視界が悪いからね」

「うるせぇ」

セクハラに耐えながら進んでいたアンジェリカの道は、やがて行き止まりとなった。

「はい、残念。この道はハズレでした」

ヴラットヴェインのおどけた言葉に、思案顔をしたアンジェリカは首を横にふるう。

「この穴はなんだ?」

行くてを塞ぐ壁。ちょうど人間の腰ぐらいの高さにまん丸い穴があった。

「ああ、それ単なる抜け道だよ」

「抜け道?」

アンジェリカは眉を顰めた。

「どこに通じている?」

「ちょっとしたショートカット用さ。ぼくなら通れるけど、残念ながらキミの体では無理だね」

ヴラットヴェインは中身はともかく、外見は十代前半の少年だ。二十代後半の成人女性であるアンジェリカは、細身であったが筋肉質。身長も普通の女よりもかなり高い。

アンジェリカはなにか閃くものがあったのか、ニヤリとした嗜虐的な笑みを浮かべると眼下のヴラットヴェインの顔を見下ろす。

「なにか見られて困るものでもあるのか?」

「いや、特にないよ」

ヴラットヴェインは肩を竦める。

「ふむ……」

好奇心を刺激されてしまったのだろう。アンジェリカは穴をしげしげと確認する。

やがて向こう側を確認しようと頭を入れた。

「よし、これなら通れるか?」

「やめておいたほうがいいよ」

「よほど見られたくないものがあるらしいな」

ヴラットヴェインが止めたものだから、かえって確信を持ったらしい。

自信に満ちた笑顔を浮かべたアンジェリカは、両腕を穴に入れてさらに上体を押し入れた。

「この先は通路か。ふふ……どうやら、あたしがアタリを引いたらしいな」

逞《たくま》しい肩を通し、大きな胸をなんとか押し入れた。そして、引き締まった胴が通って、そのまま尻を通そうとしたところで、つかえる。

「ん？」

「あらま、年増処女のお姉さん、意外とデカ尻だったんだね。安産型なんだ」

「煩い」

シスターの貫頭衣をまとった女はその後もモゾモゾと、なんとか尻を通そうと奮闘していたが、どうしてもつかえてしまう。

「……だめか」

諦めたアンジェリカは戻ろうとした。しかし、今度は胸がつかえてしまう。

「イタ！　こ、これは……!?」

なんとか抜けようとするが、大きすぎる乳房が邪魔をしている。押し込むときは圧縮できたが、引き抜く段になってつっかえているらしい。

アンジェリカは再びまえに進もうとして、尻がつかえる。元に戻ろうとすると乳がつかえた。

焦ったアンジェリカは、両手で壁を押してなんとか抜け出そうとするが、尻がつかえてどうにもならない。両足をバタバタさせている。

「んっ！　抜けない……。いや、入れたのだから抜けられるだろう。いたた」

にっちもさっちもいかなくなってしまったアンジェリカの鼻先に、困惑顔のヴラットヴェインの幻影が浮かんだ。

「なにをやっているんだい。年増処女のお姉さん」

「貴様、なんて卑劣な罠を……」

壁から出られなくなってしまったアンジェリカは必死の形相で叫ぶ。ヴラットヴェインは大きく溜息をついた。

「はぁ～、好奇心は猫を殺すというけど、本当だね。こんなしょうもないトラップにかかるだなんて」

「う、煩い！」

自分でも恥ずかしいのだろう。アンジェリカは顔を真っ赤にして叫ぶ。

「いや、罠というかなんというか。本当にここただの通気口だったんだけどね。まさかこんな状態でハマって動けなくなってしまう女性がでるとは想定外だ。しかし、これは俗に言う壁尻というやつだね。あはは、もうキミはぼくの虜だ。煮るも焼くも思いのままというやつだね」

「てめぇ、変なことをしたら、あとでただではおかねぇぞ」

壁から上半身だけ出しているアンジェリカは、教会にあだなす者たちを震え上がらせてきたドスの利いた声を出す。

「おお怖い」

年端もいかない少年は、わざとらしく震えてみせる。

「でも、こんな状況の美女を見て悪戯しないのは、かえって礼儀に反すると思うんだよね。ぼく」

そう下卑た笑いでヴラットヴェインが嘯いた次の瞬間、アンジェリカの尻が撫でまわされた。

ビクンと震えたアンジェリカは、恐る恐る後ろを伺う。しかし、壁で見えない。

「な、後ろにだれがいる？」

「なんだろうね。モンスターだったりして。吸血鬼とか、それとも、アンデットかもよ」

「っ!?」

強張るアンジェリカの顔を見て、ヴラットヴェインは爆笑する。

「そんなのぼくに決まっているじゃん」

目の前に立つ少年の幻影を、アンジェリカはマジマジと見る。そして、得心したようだ。

「スケベ爺……。後ろに本体がいるのか？」

「さぁ、どうだろうね」

アンジェリカの眼前に立つヴラットヴェインの幻影はニタニタと笑う。

その間も、貫頭衣に包まれたアンジェリカの臀部《でんぶ》は撫でまわされ続けている。

「くそ、いまならば、こんなくそみたいなダンジョンなど無視しておまえを倒せるチャンスなのに」

歯噛みしたアンジェリカは両足をじたばたと振り回し、必死にヴラットヴェインを蹴り飛ばそうとするが、まったく当たらない。

「暴れない。暴れない。いま気持ちよくしてあげますからね」

「な、なにをするつもりだ？」

「もちろん、恥ずかしいこと」

ニヤニヤと人の悪い笑みを浮かべたヴラットヴェインは、修道服のスカートをたくし上げる。

中からあらわとなった細い太腿にはガーターベルトが巻かれていて、そこには峨嵋刺が三本ばかり添えられている。さらにめくるとパープルピンクの紐ショーツがあらわとなる。

「あはは、紐パンとはセクシーだね。でもまぁ、シスターって派手な下着を好む子が多いんだよね。おしゃれが楽しめないから、せめて下着だけはってやつだ。男もいないのにこんな蠱惑的な下着をつけるのって虚しくなかった？」

「くぅ……」

女にとって、そして、シスターにとって知られたくない秘密のひとつだろう。アンジェリカは顔を赤くして押し黙る。

「まぁ、ぼくに見せるためにつけてくれたと思えば悪い気はしないか」

嘯きながらヴラットヴェインは、セクシーなショーツの腰紐に手をかけるとするすると引き下ろす。

ぱんっと張りつめた尻があらわとなる。桃尻というよりも、リンゴ尻と言いたくなるような女尻だ。

下の恥丘には頭髪と同じ、黄金の陰毛が萌えている。

「さすがは二十七歳。熟れ頃の女だね。大きさといい、張りといい、いい尻をしている。こんなのを地味な修道服に包んで腐らせていくなんて、人類の損失だと思うよ」

感嘆の声をあげながら、ヴラットヴェインは白い尻朶を左右に割り、焦げ茶色の菊座をさらさせる。

「お尻の穴も綺麗だ。陰毛は豊富なのに、尻毛の一本もないってことは自分で処理しているでしょ。見せる男もいないのに……。うんうん、シスターといえども女の嗜《たしな》みは大事だよね」

「くっ、殺せ」

屈辱に涙したシスターは、眼前の幻影に向かって叫ぶ。

「だから、入口で約束したでしょ。ぼくは美人を殺さないことにしているんだ。その代わり死ぬほど恥ずかしい目には遭ってもらうけどね」

そう嘯きながら、ヴラットヴェインの指先が、肛門の皺を確認するように撫でまわす。

「キミも一応シスターだからね。シスターは肛門から調教するのがお約束かな？」

「ち、ちきしょう！　す、好きにしろ」

「おお、潔いね。でも、ぼくの命を狙っておいて、そんなに簡単に楽になれるなんて思ったらダメだよ。これからたっぷりと辱めを受けてもらうよ」

壁の向こうで肛門を撫でまわされている感覚がたしかにあるのに、目の前にいるヴラットヴェインの幻影に向かってアンジェリカは吠える。

「殺さないというのなら後悔するぞ。あとで、殺す。絶対に殺す。手足をもいでくびり殺してやる」

「怖いな。でも、その強気なところ、ぼく好みだ」

視線で人を刺し殺しそうな目でアンジェリカは、目の前のヴラットヴェインを睨む。

しかし、壁の向こう側では尻の谷間に顔を埋めたヴラットヴェインが、その感触を楽しんでいる。

「ああ、この肌触りと弾力。やっぱり美女のお尻はいいね。人生には潤いが必要だ。やっぱり、毎日、魔法の研究ばかりだと心がすさむよね」

「くっ、スケベ爺……あっ」

尻の穴をペロペロと舐められたアンジェリカは喘ぎ声を絶対に出すものか、と言わんばかりに奥歯を噛みしめている。

「我慢しなくていいのに。さて、次はオ○ンコのほうを見せてもらおうかな？」

金色の陰毛に覆われた女唇の左右に親指をあてがったヴラットヴェインは、くぱっと左右に開いた。

「ああ、このぷんっと鼻につく悪臭、処女ならではのものだよね」

「……スケベ爺」

顔を真っ赤にして、目じりに涙をたたえたアンジェリカをまえに、ヴラットヴェインは恍惚《こうこつ》と溜息をつく。

「蓮っ葉を装っていても、未使用だけあって綺麗だね。まさにバージンピンクなオ○ンコだ。しっとりと潤いを帯びているがまだ濡れているとはいえないな。そうだ、せっかくだから、仙樹教の執行官のエース殿の処女膜はどういうものか見せてもらおうか？」

「や、やめろ」

アンジェリカの抵抗も虚しく、ヴラットヴェインの左右の中指と人差し指が膣孔の四方に添えられて、そして、開かれた。

「はぅ……」

好きでもない男どころか、殺すべき対象の男に捕まって、女のもっともプライベートな部位を覗かれたアンジェリカが、なんとも微妙な表情になる。

「真っ白い膜だ。かなり肉厚だね。これは処女膜硬化を起こしちゃっているかな。まったく二十七歳になるまで取っておくから。あ、どうせだから、キミも見てみる？　自分の処女膜。これからなくなっちゃうわけだし、記念にね」

アンジェリカのまえに立っていたヴラットヴェインの幻影が、空中に鏡のようなものを差し出した。

その鏡面にドアップで女性器が映った。膣孔が広げられており、白い膜が見える。その中央には小さな穴が開いていた。

「どお、これがキミの処女膜だ。自分でもなかなか見る機会はないだろう」

「くっ」

屈辱に歯噛みしながらも、アンジェリカは目を逸らせなかった。

女には例外なくナルシストの気がある。アンジェリカも例外ではなかったのだ。

「これから、ぶち抜いてあげるけど、安心していいよ。こんな外見だけど、ぼくは十代の童貞少年じゃないからね。破瓜のときでも気持ちよくしてあげられる」

「……」

自分の処女膜を見せつけられたアンジェリカは、呆然《ぼうぜん》としている。

どうやら、自分でも見たことがなかったようだ。女は男と違って内側にあるため、自分の生殖器といえども、あまり確認していない場合が多い。

「それにしても、さすが二十七歳独身。恋人いない歴＝年齢。仕事に生きる女。趣味はやっぱりオナニーだよね」

「……」

アンジェリカが押し黙っているのをいいことに、ヴラットヴェインは好き勝手な論評をする。

「隠しても無駄だよ。クリトリスはね、セックスを楽しんでいる女と、オナニーを楽しんでいる女で、形が明確に変わるんだ。これは典型的なオナニー好き女のクリトリスだね」

アンジェリカが魔法の鏡越しに見ているまえで、ヴラットヴェインは包皮に包まれた陰核を剥いたり戻したりする。

「や、やめろ、そこは……あ」

「こうやってオナニーを楽しんでいたでしょ。恥じ入ることはないよ。健康な女性に性欲があるのは当然だからね。ほら、体が癖になっているから、もう濡れだした」

いかに気高く振舞おうとしても、身に沁みついている快感中枢を刺激された女の陰唇から は、雫が溢れ出す。

トロー……

ヴラットヴェインが陰核から指を離すと、蜘蛛の糸のように粘液が糸を引く。

「でも、知っていた？　クリトリスはこうやって指で弄《いじ》るのも気持ちいいだろうけど、舌で舐められたほうがもっと気持ちいいんだよ。こんな感じで」

そう嘯いたヴラットヴェインは、舌を伸ばし、むき出しにされていた赤い肉芽を舐めた。

「はぁん♪」

生まれて初めて指以外のものをクリトリスに感じたアンジェリカは、体をビクンと震わせる。

ペロペロペロペロ……

ヴラットヴェインの舌先は執拗に、アンジェリカの陰核を舐めしゃぶった。

「や、やめろ、スケベ爺……ああ♪」

「どお、気持ちいいでしょ？　気持ちいいなら、気持ちいいって思いっきり大きな声で叫んだほうがより気持ちよくなれるよ」

アンジェリカの目の前にいるヴラットヴェインの幻影を絞め殺そうとするかのように、必死に両手を伸ばすが、虚しく空気を握る。その間にも、ヴラットヴェインの舌先は高速で、アンジェリカの陰核を嬲り続けた。

「くっ……あ、あたしがこんなことで、くっ」

どんなに不本意であろうと、気持ちいいものは気持ちいいものだ。せめてものプライドで口からでる喘ぎ声を止めようと、アンジェリカは両手で自らの口を塞ぐ。

「あはは、強情だな。このままずっと舐めていてあげようか？　クリトリスが飴玉のように溶けてなくなるまで……あれ、グリンダが来たみたいだ」

「っ⁉」

ぎょっと目を剥くアンジェリカに、ヴラットヴェインはお為ごかしのやさしさで質問する。

「どうする？　助けを求めるかい？」

「だ、だれが……」

「そ、なら、せいぜい何事もないかのように演技するんだね」

そう言ってヴラットヴェインの幻影はかき消えた。代わってグリンダが通路の右側から歩いてきた。

「あら、不良シスターじゃない。そんなところでなにをしていますの？」

「ちょ、ちょっと穴があったから、はぁはぁ……な、なにがあるか覗いて確認していたら、たまたまおまえが来たのよ」

グリンダと会話している間も、アンジェリカの下半身にとりついているヴラットヴェインのねちっこいクンニは続いている。

襲い来る快感に耐えながら、アンジェリカは必死に平静さを装う。

「ふ～ん、そんな穴から顔を出すだなんて、変わった趣味ですのね」

グリンダはまじまじと、アンジェリカの顔を見る。

「な、なに？」

「無理してそんな穴に体を入れるから、顔が赤いですわよ。窒息するまえに早々にやめることですわね」

そう言い捨ててグリンダは通り過ぎていった。

「ふぅ～」

安堵の溜息をつくアンジェリカの鼻先に、再びヴラットヴェインの幻影が立つ。

「よく我慢したね。なんとか教団の執行官としての面目は保たれたわけだ」

「そうね。あんな背教者の小娘に、仙樹教の執行官が侮られるわけにはいかない。あぁん♪」

困難を乗り切ったことで緊張が解け、アンジェリカの体は一気に感度がよくなったようだ。

ヴラットヴェインの指が、たっぷりと濡れて柔らかくなった肉壺を揉み解す。

「見事な覚悟だね。それじゃ、ご褒美にそろそろ入れてあげるね」

「な、なにを……!?」

「もちろん、ぼくのおちんちんだよ」

処女膜に圧力を感じたアンジェリカは、大きな目を剥く。

「や、やめろ、それだけは……」

「別にいいじゃん。将来を誓いあった男も、好きな男もいないんでしょ。寂しい女に対するぼくからのサービスだよ」

そう嘯いた少年の外見をしたヴラットヴェインは、いきり立つ逸物を濡れそぼつ大人の女の陰唇へゆっくりと進めた。

「う、ああ」

ブツリ……

二十七年間守られてきた女の貞操はあっさりと奪われた。

「おお、さすがは仙樹教の執行官。オ◯ンコも鍛えられているね。ギューッと締まるいいオ◯ンコだ」

壁にハマった動けぬ女の尻を抱いて、ヴラットヴェインはリズミカルに腰を動かす。

「くっ……」

「どう、それほど痛くないでしょ。ぼくぐらいの魔法使いになると、処女膜硬化しているお姉さんの破瓜だって気持ちよくしてあげられるんだ」

「うほ」

少年の体のものとは思えぬ長大な逸物で、女の最深部を突かれたアンジェリカは嬌声《きょうせい》をあげてしまった。

「どお、気持ちよくなってきたでしょ？」

「だ、だれが……貴様などに辱められた程度で……んん……、あたしは仙樹教の、んん、執行官だ、ああん♪」

「意地っ張りだね。どうせ動けないんだし、素直に楽しんだほうがお得だと思うよ」

動けぬ女の尻を掴み、気持ちよく腰を振るっていたヴラットヴェインが小首を傾げる。

「あ、今度はガーベリヌが来たみたいだ。どうする？　助けを請うかい？」

「ふざけるな。あたしは仙樹教の執行官、シルフィードさまの代理人だぞ……。そんな無様な真似ができるか」

アンジェリカは意地になって応じた。

「それじゃ、またやり過ごすんだね」

ヴラットヴェインの幻影がかき消えると同時に、左から具足が石畳を踏む音が聞こえてきた。

ガシャン！　ガシャン！　ガシャン！

黒鎧の騎士は、壁から上半身を出しているシスターをまえに、怪訝《けげん》な声を出す。

「なにをしている？」

「ちょ、ちょっと穴があったから……。はぁはぁ……、なにがあるか覗いていただけよ。行きなさい」

壁の向こう側では、鼻歌交じりにヴラットヴェインが腰を使っている。

グチュグチュグチュ……

下腹をかき混ぜられる快感に、アンジェリカは必死に耐える。

「……。そうか」

深く追及することなく、ガーベリヌも通り過ぎていった。

代わってヴラットヴェインの幻影が現れる。

「いや、キミの意地には感動するね。オ◯ンコをあんなにキュンキュンとさせながらも、表情を整えるなんて普通はできないよ。でも、ぼくのほうは限界だ。そろそろださせてもらおう」

「えっ、ちょ、ちょっと、まさか、やめて、中に出すのは、それだけは、ああ、そんな、お腹の中で暴れないで、ひぃ」

ドビュビュビュ!!!

我慢に我慢していたところに、生まれて初めての膣内射精である。

「あ、熱い！　奥に、奥にかかっている。ビュービューかかっている……。き、気持ちいい♪」

子宮口に亀頭部を押し付けられて射精される。初めての膣内射精体験に、アンジェリカは両の瞳を上にあげて、白目を剥き、大きく開いた口から舌と涎を出した。

「いいイキ顔だ」

ヴラットヴェインの幻影は、アンジェリカの顎を捕らえて上を向かせる。

「処女だったとはいえ、二十七歳だし、男を迎え入れる器として完成しているんだろうね。どぉ、セックスは気持ちいいでしょ？」

「はぁ、はぁ、はぁ……、このエロ爺、この屈辱忘れないからな。必ず殺してやる」

荒い呼吸を必死に整えながらの雪辱の宣言に、ヴラットヴェインはかえって喜ぶ。

「いいね。そんな表情をされたんじゃ、一回じゃ我慢できないな。オ○ンコも気持ちいいしね」

「ちょ、ちょっとまて、おまえなにを……ひぃ」

壁に挟まり動けぬ女の尻を捕まえて、ヴラットヴェインはそのまま二戦目に突入した。

「ダメ、そ、そこはダメ、そこは突かないで！　あん♪　あん♪」

グチュクチュクチュ……

先に注ぎ込まれた精液と愛液が、膣内でこね回される。そして、逸物が押し込まれるた

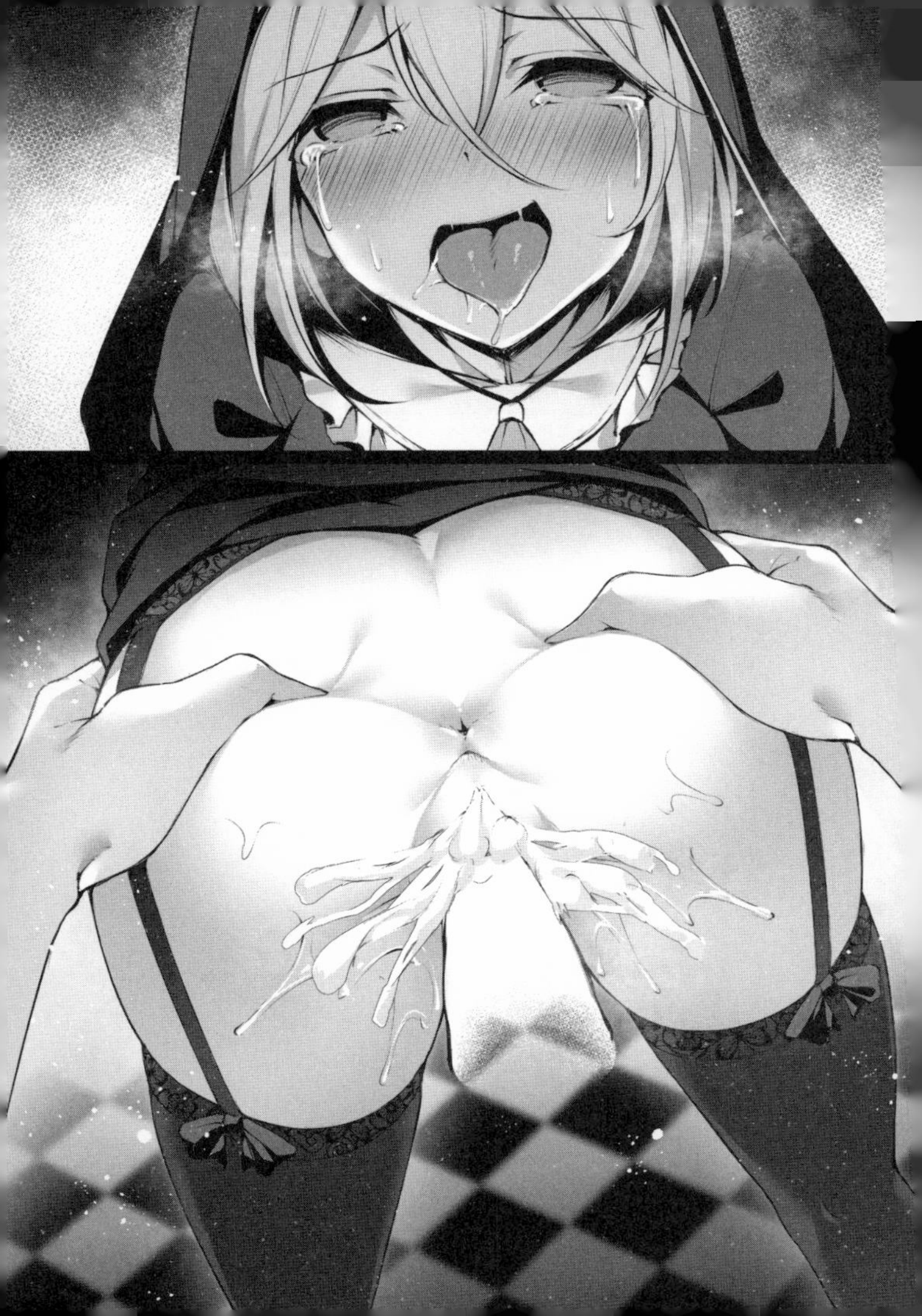

びに噴き出し、逸物を引き抜かれるたびにかきだされた。

「ほら、もう当分、グリンダも、ガーベリヌも来ないだろうから、安心して楽しむといいよ。どお、おちんちんで子宮をガンガン突かれるのって気持ちいいでしょ」

「気持ちいい、気持ちいい、気持ちいい」

もはや膣内射精の気持ちよさを知ってしまった女は、我慢ができなくなってしまったようだ。

悪の魔術師に捕らえられて、突きまくられ、イキっぱなしの状態になってしまった。

※

「なんですの？　この汚い尻は？」

眉を顰めたグリンダが、嫌そうな声をあげる。

そこには壁があった。そして、壁から出た尻。長い脚はだらしなく蟹股開きになっていた。むき出しの膣孔からはダラダラと白濁液を垂れ流している。

「……」

同じころ、黒鎧に全身を包んだガーベリヌは壁の反対側にいた。惚けた顔でだらしなく開いた口元から、舌と涎を垂らしているアンジェリカの顔を兜越しに見下ろしている。

いつまでたっても集合地点に現れぬ戦友を探しに来たのだ。

そんな二人に、ヴラットヴェインが応じた。

「アンジェリカさんだよ。もう年増処女とは呼べなくなっちゃったけどね」

「それでは師父がやられたのですか？」

「そういうこと。さすがに鍛えられている女性はオ○ンコもよく締まるよね。思わず抜かず三発やっちゃった」

ヴラットヴェインは、悪びれずにへらへらと笑いながら頭を掻く。

「あはは、先ほど暴力シスターがなにやら変な顔していると思いましたら、師父にやられている最中でしたのね。さすが師父、惚れなおしてしまいますわ」

グリンダがまるで夜の商売の女のように煽てた次の瞬間。

ガツン！　ドサササ――――!!!

突如として、壁が崩れた。

ガーベリヌが剣撃で壁を打ち壊したのだ。

壁の向こうにいたガーベリヌとグリンダは顔を合わせ、同時に間に挟まっていたアンジェリカは解放された。

「……」

床に投げ出されたアンジェリカを、ガーベリヌもグリンダも、介抱しようとはしなかった。ただ冷ややかに見下ろす。

アンジェリカとしてもそんな情けは期待していなかっただろう。

黙々と上体を起こし、めくれていたスカートの裾を直したアンジェリカは探索仲間を見る。

「なに、感謝してほしいの？」

「別に〜〜〜……」

グリンダはそっけなく視線を逸らす。

立ち上がったアンジェリカは、ヴラットヴェインに向かって右腕を差し出す。

「なに？」

小首を傾げるヴラットヴェインに、顔を真っ赤にして、目尻に涙を溜めたアンジェリカは叫んだ。

「パンツよ。パンツを返しなさい」

「ああ、捨てちゃった。ここではぼくにやられた女は、ノーパンで過ごすというルールがあるんだ」

「なっ⁉」

絶句するアンジェリカに、ヴラットヴェインは嘯く。

「大丈夫。ここは適温でしょ。パンツを穿いていなくても、風邪ひくことはないよ」

「ふ、ふざけるな！」

激高するアンジェリカに、少年の顔をした悪魔は平然と応じる。

「いやなら逃げ帰っていいんだよ」

「だれが帰るか。必ず貴様の首をシルフィードさまの下に持ち帰る」

処女を卒業したばかりのノーパンシスターは、勇ましく宣言した。

「あはは、三十路を迎えるまえに処女を卒業できてよかったじゃな～い」

グリンダは高笑いしている。

「行くぞ。あちらに通路があった」

ガーベリヌは何事もなかったかのように歩き出した。

第三章　屈辱の石化体験

「……待て」

先頭を歩いていたガーベリヌが、唐突に足を止めた。

「どうしましたの？」

後ろを歩いていたグリンダは、黒鎧の背中に顔をぶつけそうになって抗議の声をあげる。

シュッ！

修道服をひるがえしたアンジェリカは無言のまま峨嵋刺を、等間隔に並んでいた柱の陰に向かって投擲していた。

カキン！

火花とともに固い金属音がして、峨嵋刺は弾き飛ばされた。

「ひゅ～、さすがはヴラットヴェインの旦那を討伐するために、仙樹教の送り込んだ精鋭たち、俺の気配に気づくとはたいしたものです」

そうにこやかに笑いながら男が一人、石柱の陰から姿を現した。

精悍《せいかん》な顔、赤褐色に日焼けした肌。背は高く、それでいて逞しい均整の取れた体つきをした堂々たる美丈夫だ。

スリットの入った赤い長衣。中には黒いズボン。腰の帯には朱鞘の剣を帯びている。

まさに典型的な剣士の装いだ。

おそらく、抜刀術。目にも止まらぬ速さで抜き、峨嵋刺を弾き飛ばしてから納刀した。

素人目には見えなかったが、結果から予測してそういうことなのだろう。

「……」

ただならぬ威圧感を察して、アンジェリカの顔には緊張感が走っているし、ガーベリヌも油断なく両手で大剣を構えている。

ただ一人、剣呑な雰囲気を察しているのか、無視しているのか、普段と変わらぬ調子のグリンダが質問する。

「師父、この方はどなたかしら？　ご紹介していただけると助かりますわ」

「彼はラバンチオといって、聖光剣の達人だよ」

「聖光剣のラバンチオ？」

アンジェリカが考える表情になった。しかし、なかなか答えが出てこないので、ヴラットヴェインが助け船を出す。

「聞いたことないかな？　一時は話題になったんだよ。実は天地神冥流の開祖クレイモアより強いんじゃないか、と剣術愛好家の間では評判になっている。なにせ、世界中の剣術道場やら騎士団に片っ端から道場破りに行ったらしいんだ。物好きだよね」

「あはは、あのころは若かったですからね」

ラバンチオは爽やかに笑ってみせる。

ようやく思い至ったらしいアンジェリカが口を開いた。

「聞いたことがある。たしか聖光剣の当主ヴィザールよりも強かったのに、性格に難がありすぎて放逐処分になったとか……。でも、それはかなり昔の出来事だったはず……」

困惑しているアンジェリカを押しのけて、興味深そうにグリンダが進み出た。

「ということはお爺様と戦ったこともありますの？」

「お嬢さんのお爺さんってのはだれですか？」

「ラルフィント王国雲山朝の将軍ダイストですわ。一応、世間では最強の戦士ということになっておりますわね」

セクシーすぎる装いの美女をまじまじと見たラバンチオは、なんとか記憶をたどったようだ。

「最強の戦士ダイスト？　ダイストといえばやたらつえぇガキと会ったことはあるが、あれの孫娘？　それがこんなに大きい？　……マジ？」

驚愕《きょうがく》の表情を作ったラバンチオは、ヴラットヴェインの顔を見た。

「もしかして、俺ってば物凄い爺さんになってたりします？」

「あはは、人間、自分の年齢なんて気にしたら負けだよ」

「そ、そうすね、あはは」

外見的には十代前半に見える少年と、二十代前半ぐらいに見える青年のやり取りに、アンジェリカは眉をしかめる。

「爺臭い会話」

「そうですわね。というよりも、そもそも人間というくくりに入れていいかどうかも、怪しい連中ですわ」

グリンダもあきれ顔である。

「それで、その伝説の剣豪さんとやらが現れたということは戦って倒せということかしら？」

「まぁ、ダンジョンの中ボスってところかな。罠だけでは飽きるだろうからたまにはガチンコ勝負をやってもらおうと思ってね」

ヴラットヴェインの説明に、ラバンチオは不満顔をする。

「俺は中ボスですか？」

「そりゃそうだろ。ラスボスはぼくなんだから」

「あはは、たしかに違いない」

ラバンチオとヴラットヴェインは朗らかに笑う。

「彼はぼくの手駒の中では一番、強いよ。なにを隠そう。このダンジョンに挑んだ最初の挑戦者だ」

「まぁ、それで負けてしまったのね」

紅藤色の瞳をウルウルと潤ませたグリンダは、さも同情した表情をしている。

「そういうこと。ぼくに負けて軍門に下ったんだ。それ以後、門番みたいなことをしてもらっている」

「まぁ、俺は強いやつと戦えればそれでいいです。ここにいれば骨のあるやつとは定期的に出会えますから、いまの生活に満足していますよ」

ラバンチオはにこやかに笑う。

「まぁ、安心して挑んでくれていいよ。どんな大怪我を負ってもぼくが直してあげる。ただし、負けたときにはとっても恥ずかしい目に遭うということは、アンジェリカちゃんの事例でわかっているよね」

「ぐっ」

ノーパンシスターは、唇を噛みしめる。

ラバンチオは朱鞘から抜刀した。

「さて、三人まとめてかかってきていいですよ」

「承知しましたわ。ただちにぶっ飛ばして差し上げますわ」

白き右手を優雅に上げたグリンダは魔法の詠唱に入る。

「ああ、こちとらむしゃくしゃしていたんだ。切り裂いてやる」

凶悪な笑みをたたえたアンジェリカは、左手の指の狭間に三本の峨嵋刺を、右手には鉤爪を構える。

大剣を正眼に構えていたガーベリヌが、ふいに横に突き出した。

「待ってほしい。こいつはわたしにやらせてくれ」

気勢を削がれたグリンダが、信じられないといった声をあげる。

「はぁ？　愛だ友情だなんちゃらとお題目を並べて、多数で一人をボコるのが正義の戦いというものですわよ。わざわざ一騎打ちなんて非合理的なことをする意味なんてありますの」

「我が剣は、天地神冥流である。流祖の名を辱められては捨て置けぬ」

黒いフルアーマーの女騎士は、大きな剣を両手に持ち、眼前に翳す。

「天下無双は、ダイスト、オグミオスにあらず、我が剣の祖クレイモアなり。豪放磊落、豪快無双、絶対無敵の流祖が邪道に落ちた剣に負けるはずなし。そのことをわたしが証明してみせねばならん」

「うわ、これだから騎士って……」

グリンダは軽蔑した目をしている。

アンジェリカは溜息交じりに、武器をしまった。

「まぁ、面倒ごとを一人で背負い込んでくれるというのなら、任せるわ」

「ふん、あたくしも別に構いませんけど。あんたが勝っても負けても、あたくしが蹴散らして終わりですわ」

グリンダは空中に大きなシャボン玉のようなものを作ると、そこに腰を下ろして長い脚を組んだ。高みの見物をする気になったらしい。

自分の相手を一人ですると言いだした黒い鎧の女に、紅の衣をまとった剣士は嘲笑交じりに質問する。

「クレイモアの弟子ね。あいつは元気にしているかい」

「はい。老いてますます盛ん。あなたと違って百までは生きるでしょう」

フルフェイスのため顔は見えないが、ガーベリヌはニコリともせずに言ったようだ。

「古の剣士よ。ラルフィント王国のエダード殿下直属の騎士ガーベリヌです。このような寂しい洞窟の中で幽鬼となって彷徨《さまよ》うなど、かつての勇名が泣く。わたしが冥途に渡る橋渡しを承る」

ガーベリヌは巨大な大剣を大上段に構えた。

「あはは、面白いお嬢さんだ。しかし、いいんですか？　クレイモアと違ってあなたは女性だ。そんな大物ですと、武器にふりまわされる。わたしの動きについてこられませんよ」

「無用の気遣いです。戦士ならば言葉は不要。刃にて語り合わん」

「承知した。では、参る」

上体を前倒しにしたラバンチオはユラリと踏み込んだ。ガーベリヌは動かない。

「遅い」

互いの刃が届く範囲となったとき、ラバンチオの動きは突如として神速となる。

襲い来る斬撃を、ガーベリヌは避けようとしなかった。

バシン！

ラバンチオの一撃に左肩を撃たれたガーベリヌであったが、身じろぎもせずに大剣を振り下ろす。

その豪快な一撃を紙一重で避けたラバンチオは軽く目を見張る。

気を取り直してラバンチオの繰り出す斬撃は、流星のようだった。右に左に軽やかにステップを踏み、さまざまな技を披露してみせる。

一方、ガーベリヌの大剣は、鈍重であった。

ラバンチオの斬撃は、ガーベリヌの鎧に何度となく当たったが、ガーベリヌにダメージが入った様子はない。逆に鎧を着ていないラバンチオは、ガーベリヌの大剣を食らったが最後、一撃で沈むだろう。

しばし縦横無尽に、さながら剣舞のように、それでいて怒涛のような連撃を浴びせていたラバンチオであったが、間合いを取った。

「ひゅ～、硬い」

口笛交じりにラバンチオは感嘆する。

「なるほど、鎧の防御力に期待した後の先というやつですか」

防御に絶対の自信があるからこそ、鈍重な一撃必殺の獲物を持っているのだ。ガーベリヌの戦法を納得したようだ。

「エダード王子より拝領せしこの鎧。決して破れぬ」

ガーベリヌの啖呵に、見物していたヴラットヴェインは頷く。

「いや、ほんとすごいわ、あの鎧。ぼくの魔法もやすやすと弾かれちゃうんだから」

「そんなすごい代物ですの？」

チャンバラごっこなど興味ないと言いたげに、巨体なシャボン玉の上でのけ反っていたグリンダが質問する。

「うん、あれは間違いなくコストを度外視して作られた代物だ。たぶん、世界で最強の鎧だと思うよ。のちの世に残れば国宝とか呼ばれる類のものだ」

「へぇ～」

そんな観客のやり取りを聞いて、ラバンチオの顔に笑みが浮かぶ。

「面白い。ならばっ！　わたしの最強の技を持って臨もう」

柄を左手で持ったラバンチオは、右手の指先で刀身を撫でた。すると青白く発光しだす。

「魔道剣か。聖光剣流のお家芸とはいえ、なかなかすごい」

アンジェリカは軽く生唾を飲んだ。

刀身に直接魔力を流し込みながら斬りつける技法を、魔道剣という。刀剣の制作時に魔力を込められた剣を魔法剣。魔法使いが一時的に魔法を付与した状態を魔力剣という。

魔力を流し込みながら使うのだから、理屈の上では魔道剣が一番強力である。

「我が剣に斬れぬものはない。その鎧が決して壊れぬというなら、あえて矛盾に挑もう」

宣言と同時に、ラバンチオは再び襲いかかった。

迎え撃つガーベリヌの繰り出した大剣を、ラバンチオはやすやすとかいくぐった。そして、懐に潜り込むとともに、魔力を帯びた強烈な斬撃で、ガーベリヌの胸鎧を襲う。

バシン！

聖光剣の異端児。時の当主よりも強かったが、性格に難があったゆえに追放処分となった男が、本気で繰り出した一撃だ。

青白き魔法の刃と、黒き鉄板はしのぎを削った。

動きが止まったその瞬間を狙いすまし、ガーベリヌの大剣は振り下ろされる。

バサッ！

ラバンチオの左肩から下腹部まで袈裟斬りが決まった。

パチパチパチ

ヴラットヴェインは拍手をする。

「いやお見事。肉を切らせて骨を切るってやつだね」

敗者は崩れ落ちながら、勝者に声をかける。

「完敗ですね。最期に顔を見せてくれないかな、お嬢さん」

血塗られた大剣の切っ先を地面に突き刺したガーベリヌは、鉄兜を外してみせた。

中からは茶色の波打つ短髪。目鼻のはっきりし、厚ぼったい唇をした精悍な美貌があらわとなる。

年の頃は二十歳前後だろうか。

いかにも実直そうな女騎士。顔の筋肉が固そうであり、兜を脱いでも鉄面皮のようだ。

「……」

彼女の顔を見たとき、ラバンチオはすでに言葉を発する余力はなく、すぐにこと切れた。

一方で、手下が亡くなったというのにヴラットヴェインは、嬉々としてガーベリヌの傍に歩み寄り顔を覗く。

「ほぉ～、ガーベリヌちゃんの素顔はそんなんでしたか？　なかなかぼく好みの美人さんだ」

「まぁ、あたくしのほうが美人ですのに。それにしても、師父は彼女の顔を見るのは初めてでしたの？」

不満そうな顔をしたグリンダの質問に、ヴラットヴェインは頷く。

「うん、ぼくのまえでは兜を取ってくれなかったからね。それにこの鎧、魔法を弾くから透視もできなかったんだよね」

ヴラットヴェインの不躾な視線を煩わしく感じたのだろう。ガーベリヌは改めて兜をかぶった。

「あ、あとちょっとだけ」

ヴラットヴェインの要望を黙殺した全身鎧の黒騎士は、無言のまま大剣を背負いなおす。

「中ボスとやらを倒したのだ。次に向かおう」

その瞬間だ。

パラ、パラパラパラ……ガシャン！

ガーベリヌの胸鎧が砕け落ちた。

魔法光によってインナーも浄化されてしまったのか、いきなり白い乳房が二つポロリとまろびでる。

堂々たる巨乳だ。

「あら、自慢の鎧、壊れちゃったじゃない」

グリンダに指摘されたガーベリヌは、自分の胸を軽く見下ろす。

「悪名高いとはいえ、さすがは伝説の剣士ですね」

ヴラットヴェインは歓喜する。

「全身鎧で顔は見えないのに、おっぱいだけ丸出し。うーむ、なかなかマニアックでいい」

妙な興奮をしているヴラットヴェインを無視して、ガーベリヌは淡々と先に進もうとする。

見かねたグリンダが質問した。

「ちょっとあなた、恥ずかしくありませんの？」

「そうだぞ。おまえは気づいていないかもしれないけど、おっぱい丸出しになっているぞ」

アンジェリカまで同性として捨て置けないとばかりに忠告する。

全身を完全ガードしながらも、乳房だけをさらしてしまっている女騎士は、まったく動じずに応じる。

「戦場で乳房を見られたからなんだというのだ。戦とは勝つことが本分。裸を見られようが、大小便を漏らそうが、最後に勝っていればいい」

「なるほど、キミは女騎士の鑑だね」

そう感嘆しながらもヴラットヴェインは、ガーベリヌの周りを歩きながらさまざまな角度から、一歩ごとに揺れる生乳を観察している。

「鎧の中にずいぶんと立派なものを押し込んでいたんだね。苦しくなかった？」

「……」

ガーベリヌは黙殺して歩を進める。

「綺麗なピンクの乳首。まるでピンクダイヤモンドみたいだ」

そんな光景を軽蔑した目で見ていたアンジェリカが、グリンダに質問する。

「おまえ、本気であんなスケベ爺が好みなのか？」

「若々しくて結構じゃない。師父、おっぱいの大きさは負けるかもしれませんが、あたくし乳首の色や形の美しさならば負けない自信がありますわよ」

ガーベリヌの乳房に夢中のヴラットヴェインに、グリンダは必死に媚びる。

そんな光景に、あきれ顔をしながらもアンジェリカはついていく。

その後ろで、ラバンチオの死骸は血糊ひとつ残さずに消えていた。

※

「これは……」

通路を抜けると一転、広い空間にでた。

いや、広すぎる。

天高くどこまでも続く青い空。地面には青々とした芝。緑豊かな木々が林立する森。近くには崖があり、その上から降り注ぐ勇壮な滝。その水が小川となり流れている。

ダンジョンではあり得ない景観に、みな唖然としてしまう。

「ありえねー」

野外のような光景に、アンジェリカは呆然と呟く。

ややあってグリンダが口を開いた。

「空間を歪ませているのですか？」

「さてね。種明かしはしないのが、手品師の品位ってものでしょ」

ヴラットヴェインは得意げに胸を張る。

「ここの水は飲めるよ。もちろん、水浴びもできる。魚を釣って食事にするもよし、その辺の森で兎を取って食するのもよし。第一関門を突破したキミたちへのご褒美だ。ここを休憩地とするといい」

「まぁ、親切ですのね」

グリンダだけではなく、意外な顔をする女たちにヴラットヴェインは肩を竦める。

「ぼくは美人が好きなんだよ。どんなに容貌の優れた女性でも、何日もまともな食事をとらず、睡眠不足、水浴びもしないのでは、たちまち見るに堪えない醜女になってしまう。そんなんじゃ、悪戯のし甲斐がない」

「あくまで女を嬲ることが前提なのか……」

アンジェリカは憎々し気に吐き捨てる。

「水浴びをしたら覗くおつもりですの？」

グリンダの意味ありげな質問に、ヴラットヴェインはにこやかに応じる。

「あはは、ぼくをだれだと思っているの。覗くわけがない」

「まぁ、本当に？」

「いまだってキミの裸ぐらい見えているよ」

ヴラットヴェインの宣言に、アンジェリカは噴く。

「な、なんだとっ！」

「あはは、エッチですわね」

グリンダのほうは自覚があったらしく、驚くことなく華やかに笑う。

唯一、ヴラットヴェインが透視できなかったという鎧を着た女は、兜を取り、素顔をさらすと、湖面から水を掬って匂いを嗅ぐ。

「毒はなさそうだ」

それから恐る恐る口に入れて、すすぐ。そして、安全だと確認してから顔を洗い、飲んだ。

その横で湖面に右手を突っ込んだアンジェリカが口を開く。

「水浴びができるというのなら、あたしは水浴びをさせてもらうよ。そいつにやられてから、全身が気持ち悪くて仕方がない」

アンジェリカは修道服をためらいなく脱いだ。

いまさら恥じらっても仕方ないと考えたのだろう。思いきりのよい脱ぎっぷりだ。

スレンダーで手足は長いのだが、胸と尻だけ大きな女は、一人川に入る。

「ではあたくしも」

グリンダは崖の上に登った。

そして、頂上で素っ裸になって両手を揃えて上げて、腋の下をさらす。

「うふふ、師父、いかかですか？　あたくしの体。若くて健康。日々の運動も欠かしていない。まさにいまが食べごろだと思いますわよ」

自分の裸体に絶対の自信を持っているのだろう。たしかに太すぎず細すぎぬ体。白い絹のような肌。大きく隆起した乳房、両手で回りそうな細い腹部、まん丸いへそ、まろやかな臀部。こんもりとした土手高なビーナスの丘には、うっすらと銀色の陰毛が萌える。むっちりとした太腿。それでいて細い足首。まさに計算しつくされたような美体だ。

さらには見せつけるように左手で左足を持ち上げて、V字バランスをしてみせた。

「あいつには、恥じらいってものがないのか？」

川の中から見上げていたアンジェリカは呆れる。

「まぁ、よく育っているのは体だけ。中身は子供ってことだろうね」

そんなヴラットヴェインの評価が聞こえているのかいないのか、グリンダは掛け声とともに崖から飛び降りた。

「とぉ」

空中で鮮やかに一回転してから両手を伸ばし、ズボンッと水飛沫をあげて滝壺に消える。

そして、浮かんでくると乳房を跳ねさせながら歓声をあげた。

「あはは、冷たくて気持ちいい～～～♪　どうです？　師父。あたくし脱いでもすごいでしょ？」

「ああ、たいしたものです」

弟子にしろと熱烈アピールしてくる小娘をまえに、ヴラットヴェインは肩を竦める。

「ガーベリヌ、あんたも入りなさいよ。気持ちいいわよ」

両手で水をかき上げてはしゃいでいるグリンダに向かって、ガーベリヌは首を横に振った。

「……。あたりを見てくる」

泉に背を向けた全身鎧の女騎士は、兜は置いたまま森に向かって歩き出した。

「まったく、ストイックなんですから……。それより、師父、これを見てください」

興醒めといった顔をしたグリンダであったが、気を取り直して魔法を発動させた。すると湖面に魚がプカプカと浮いてくる。

「おお、なかなかやりますね」

「でしょ、食事はあたくしが作って差し上げますわ。あたくし、こうみえて女子力も高いですわよ」

※

おっぱい丸出しの女騎士は森に入ると、人目を確認してから叢に隠れる。

そこで腰覆いの中から貞操帯にも似た鉄のショーツを下ろした。そして、膝を抱えてしゃがみこむ。

「ふぅ」

気の抜けた吐息に続いて、開かれた股間からシャーと温水を噴き出す。

どんなに清楚華憐なお姫様だろうと、どんなに真面目実直な女騎士だろうと、生身の人間である以上は、でるものはでる。

プス……。

ガーベリヌの左の尻朶の表面になにか刺さった感覚があった。

「っ⁉」

戸惑うガーベリヌのまえに、幽霊の如き子供の姿が浮き出す。

「おしっこするときに油断するだなんて、ガーベリヌちゃんもまだまだだね」

「なっ」

鉄面皮の女騎士も、放尿姿を見られて動揺の表情を浮かべる。

しかし、止められるものではないので、ガーベリヌは放尿を最後まで続けた。

「……」

頬を紅潮させながらもすべてを出し切った生真面目な騎士は、その間、まえに立って見物していた悪の魔法使いに質問する。

「おしっこをする姿なんて見て楽しいか？」

「それはもちろん、美人はなにをしていても絵になるからね」

「……。そういうものか」

常識で測れる相手ではないとすでに理解しているガーベリヌは、それ以上の文句を言っても仕方がないと思ったのだろう。無言のまま立ち上がろうとして困惑した表情になる。

下半身が痺れて動かなかったのだ。

少年の皮をかぶった悪魔が、ニタニタとしたいやらしい表情で口を開く。

「動けないでしょ？　さっきキミのお尻を刺した不届き者は、バシリスクの尾だよ」

「……なんだそれは？」

蹲踞の姿勢のまま固まっているガーベリヌに、ヴラットヴェインは得々と説明を開始する。

「聞いたことないかな。石化させる蟲。つまり、そのまま放置するとキミはお尻から徐々に石化していって、最後にはオ〇ンコ丸出しのまま石像になっちゃうってわけ」

「なっ⁉」

鉄面皮のガーベリヌの顔に、初めて焦りの色が浮かんだ。

「美人の石像ってそれだけで価値があるのに、おっぱいとオ○ンコを丸出しなんて最高だよね」

「……」

「でも、石像って場所をとるんだよなぁ。飽きたらゴットリープの王宮に届けてあげるよ。キミの敬愛する王子様、なんといったっけ？　まぁ、名前はいいか？　そいつもきっと自慢の部下のおっぱいとオ○ンコが見られて大喜びしてくれるよ」

ヴラットヴェインの宣言に、ガーベリヌは焦った声を出す。

「い、いや、止めて。それだけは……エダード殿下にこのような痴態をさらすなど……。それくらいならばひと思いに殺してくれ」

「だから、何度も言っているでしょ。ぼくは美人を殺さないって。それにきっと王宮の魔術師なら石化の魔法を解いてくれるさ」

嘯いたヴラットヴェインは、ガーベリヌの背後に回って、両手を腋の下から入れた。そして、大きな乳房を、それぞれの手に取る。

「このズシンとくる重さ。キミ、本当にいいおっぱいしているよね。顔の筋肉は固いけど、おっぱいは柔らかい」

「き、貴様っ⁉　幻影ではないのか？」

驚いたガーベリヌはまだ動ける両腕を後ろに振り回したが、なにも掴めない。

逆に両の乳房をタプタプと弄《もてあそ》ばれる。

「あはは、女の人って後ろから抱きしめられるとろくな抵抗ができないんだよね。だから、女を押し倒すときは、後ろから襲うのが定石なんだ」

「卑怯だぞ。動けぬ女にこのような真似をして、恥を知れ！」

罵声を浴びせられても、ヴラットヴェインには蛙の面に小便だ。

「戦争や殺し合いに卑怯はない。どんなことをしてでも勝った者が正義だ、というのが歴史のお約束でしょ」

「くっ」

その言い分を正論と認めてガーベリヌは押し黙る。

ヴラットヴェインは、大きな乳房を根本から先端に向かって乳でも絞るように搾り上げ、さらには先端の乳首を摘まんで、クリクリと弄る。

「あ、ああ……」

たまらずガーベリヌの引き締まった口元から、嬌声が漏れ出てしまった。

「うふふ、乳首はコリコリ。乳房はふわふわ。こんなに柔らかいおっぱいが、もうすぐ固い石になってしまうと思うと残念だよ」

いったん、乳房から手を離したヴラットヴェインは、ガーベリヌのまえに回った。

「あはは、大きいおっぱいっていいよね。癒される」

蹲踞の姿勢で膝を開いているガーベリヌの右膝に腰かけたヴラットヴェインは、まるで母親の母乳を吸う赤子のように、赤い乳首を吸い出した。

「チューチューチュー……」

「ひぃ、そんな、ああ……」

生まれて初めて乳首を吸われたガーベリヌは、その思わぬ感覚に困惑しているようだ。

無垢なる少年の外見とは裏腹に、卑劣なる魔術師は実に卑猥に乳首を舐めまわす。

その執拗な乳首責めに、ガーベリヌの喉元から顎までが震え、食いしばった口唇から嬌声が漏れる。

「んんんん――っ」

「あはは、おっぱいだけでイっちゃったね。やっぱり見事なおっぱいは感度も素晴らしいわ」

満足げなヴラットヴェインは唾液に濡れた乳首を指で弄ぶ。

「あはは、この調子だと、乳首がビンビンに勃った状態で石化するね。王宮の人たちは想像するだろうね。ガーベリヌはいったいどういう状況で石化したのだろうと」

「お願い、この姿で石化するのはいや」

重厚で勇敢な女騎士であったはずのガーベリヌが、目尻に涙を浮かべながら許しを請うてきた。

騎士である。他人を殺すことを商売にしている以上、自分が殺されることも覚悟している。

しかし、死は恐れなくとも、こんな生き恥をさらすことは耐えられなかったのだろう。誇り高い騎士であるがゆえに。

「あはは、そうだね。ぼくなら石化を解くこともできる」

ニヤリと悪魔的な笑みを浮かべたヴラットヴェインは、下半身を石化させられて、心が折れてしまった女騎士の顎を上げさせると、唇を重ねた。

そして、唇を割って舌を絡めて、吸う。

「う、うむ……」

お堅い騎士である。おそらくファーストキスであろう。それを奪われたガーベリヌの頬を一筋の涙が落ちる。

ぞんぶんに乙女の舌を堪能したヴラットヴェインは、口を離すと言い放った。

「このまま石化状態で、王都ゴットリープに送り届けられたくなかったら、パイズリしてもらおうかな。そうしたら石化を解いてあげるよ」

「パ、パイズリ……?」

困惑するガーベリヌの巨乳を、ヴラットヴェインは左右からパフパフと押した。

「その立派なおっぱいで、ぼくのおちんちんを挟んで、シコシコしてもらいたいんだ。まだ手は動くでしょ」

「わ、わかった。その取引に応じよう」

「賢明だね。生きてさえいれば、またぼくの命を狙うチャンスができる。主命さえ果たせば、キミの誇りは取り戻せる。一時の恥辱は耐え忍ぶべきだよね」

屈辱に頬を引きつらせながらも頷いたガーベリヌの眼前に、ヴラットヴェインは仁王立ちになった。

その鼻先には魔少年の逸物が、切っ先のように添えられる。

「っ⁉」

初めて男性器を見たのだろう。ガーベリヌは目を見開いて直視したあと、慌てて視線を逸らした。

その実に乙女らしい反応に、嗜虐心を刺激された悪の魔術師は、逸物で頬をはたいてやる。

「ほら、まずはしゃぶって」

「りょ、了解した」

下半身が石化してしまって動けぬ女騎士は、両手で少年の尻を抱き、逸物を恐る恐る口に入れていった。

「噛み切れると思うなら挑戦してみてもいいよ。ただし、その後、どういう運命が待ち受けているかは、十分に想像を巡らせてね」

「ん、うん、ん……」

屈辱に頬を強張らせながらも、ガーベリヌは一生懸命に肉棒を啜る。

しかし、お世辞にも上手とは言えない。

初めての経験であろうし、下半身が動かないから大胆な動きができないのだ。

そこでヴラットヴェインは、早々に命じた。

「ああ、しゃぶるのはもういいよ。次はその立派なおっぱいで挟んでもらおう」

腰が動かせない以上、パイズリにしたところでたいした動きができないと悟ったヴラットヴェインは、ガーベリヌを仰向けに押し倒した。

下半身はもはや石化しているので、膝は開いたままだ。魔少年は哀れなる女騎士の引き締まった胴体に跨がり、大きく膨らんだ乳房の谷間に逸物を入れる。

「くっ……」

胸の谷間に熱い焼けた鏝でも押し付けられたかのように、ガーベリヌは呻く。

「さぁ、左右からおっぱいで挟むんだよ」

ヴラットヴェインの指示通りに、ガーベリヌは自らの手で乳房を内側に押した。

まるで蒸かしたての肉まん二つに、肉棒が包まれたかのようだ。

「ただ押し付けるだけではなくて、乳首をこすりつけるんだ」

「こ、これでいいのか？」

ガーベリヌは言われた通りに、両の乳房を内向きに押して、勃起した乳首を必死に逸物にこすりつけてくる。

そうしていることで、強張っていた気高き女騎士の顔が火照り、口唇から熱い吐息が漏れだした。

「くっ……ああ、こ、これは……んん」

「乳首がこすれて気持ちいいでしょ？　それから舌を伸ばして、おちんちんの先端を舐めるんだ」

仰向けのガーベリヌは必死に顔をさげ、胸の谷間から頭を出す亀頭部に舌を伸ばした。

濡れた舌が尿道口を舐める。

「ああ、極楽だ。やっぱりおっぱいに勝る遊具はないよね。キミのおっぱいは最高だよ。騎士なんかにしておくのはもったいない」

動けぬ女騎士の乳房をぞんぶんに凌辱したヴラットヴェインは、歓喜の声をあげる。

「そろそろ、出すよ」

ドビュビュビュ!!!

濡れた舌で舐めまわされていた亀頭部の先端から白濁液が勢いよく噴き出し、鉄面皮の女騎士の美顔に大量に浴びせられる。

そして、首、鎖骨、さらに乳房の谷間にあふれかえった。

「あぁ……この腐臭。これが汚されるということ……か」

生まれて初めて雄の液体を浴びてしまったガーベリヌは惚けた表情で荒い呼吸をしている。

その胸元からヴラットヴェインは立ち上がった。

「そう深刻ぶらなくていいよ。世の女の大半はやっていることさ。それじゃ、約束通り、石化を解いてあげよう」

ガーベリヌの下半身に移動したヴラットヴェインは、すでに石化して開いた状態の両足を大きく持ち上げさせた。両膝が、ガーベリヌの顔の左右につく。

いわゆるマングリ返しの姿勢を取らせたのだ。

女は自分の石化した女性器を直視することになる。ヴラットヴェインは石化してなお肉感的な臀部を撫でまわした。

「あはは、ここをチクッと刺されたんだね」

それから当たり前のように女性器を確認する。

女性器は半開きの形で、石膏のように固まっていた。陰毛まで石化している。

「放尿しているときに石化が始まったから、尿道口が開いたままだ。こんなにはっきり見える尿道口というのは、なかなかお目にかかれないな」

「や、約束だ。石化を解いてもらおう」

「うんうん、約束は守るよ。でも、ぼくに負けた以上は、死ぬほど恥ずかしい目に遭ってもらわないとね」

女性器の凹凸をすみずみまで指で撫でて観察したヴラットヴェインは、膣孔に人差し指を入れた。

コンコンと突く。

「あはは、処女膜まで石化している。まさに鉄壁の処女膜だ」

「くっ」

ガーベリヌはいまさらのように屈辱に顔をしかめる。

「安心しなって。すぐに柔らかくなるさ」

ヴラットヴェインは、石化している女性器を軽く舐める。

「あはは、おしっこの味がするね。まぁ、おしっこしている最中だったんだから、当然だけど」

「ああ、ああ、ああ……」

「どう、少しずつ感覚が戻ってきたでしょ？」

ヴラットヴェインの舌が這《は》うことによって解呪されているのか、石化していたガーベリヌの女性器を中心に、少しずつ肌に血潮の色が戻ってきた。

すっかり人肌に戻ったところでヴラットヴェインは、女性器全体に頬擦りをする。

「ほら、柔らかくなった。やっぱりオ◯ンコは石化しているより、生身がいいね」

「くっ」

執拗なクンニを受けて、女性器からコンコンと蜜が溢れだしていた。必死に表情を整える女騎士の顔を見ながらヴラットヴェインは、包茎クリトリスを摘まんだ。

「あん、そ、そこは……」

「あれ、もしかしてキミ、オナニーもしないの？」

普段の彼女の鉄面皮ぶりを知っている友人などは信じられないだろうが、赤面していたガーベリヌは恥ずかしそうに応じる。

「別にそのようなことはしなくとも、修練をしていれば性欲など自然と発散される」

「キミが忠誠を誓っている王子様。彼のおちんちんで貫かれることを想像しながら、ここを弄ったりはしないの？」

「そのような不埒な思いはない！」

すっかり諦念に捕らわれていたガーベリヌが、怒気を纏う。

「いやいや、健康な成人女性が、セックスはしない、オナニーもしないでは不健康だよ。まぁ、肉体の快感というやつは、一度知ったら忘れられなくなるだろうけどね。ぼくが教えてあげるよ」

そう言ってヴラットヴェインは、女性器に豪快にしゃぶりついた。

「や、やめろ！　な、なにをする！　ひぃ！　そこ、らめぇ」

気高き女騎士は、包茎だったクリトリスを完全に剥かれてしまった。そこを舌先で弾きまわされて、吸い上げられ、甘噛みされた。

たまらず絶頂してしまったが、悪の魔術師の舌は、まるで蛇のように膣孔に入ってかき混ぜてきた。

石化の解けた処女膜をぞんぶんに舐めまわされ、肉穴を拡張するようにほじり回される。

「あ、ああ……やめて、そこは、ああ、そんなかき混ぜないで、ああ、そんな奥まで、ああ、ダメ、なんで、こんな、ああ♪」

どんなにガードの固い女でも、クンニされてしまっては身も心も蕩《とろ》ける。

女の秘密を知り尽くしている悪魔に執拗に舐めしゃぶられたガーベリヌは、何度も絶頂してしまい、最後はすっかり惚けた表情になってしまった。

「いや～美味。いい女のオ○ンコって最高だね」

ようやく満足したヴラットヴェインは、女性器から顔を上げて立ち上がる。

「それじゃ、そろそろ入れさせてもらおう」

「くっ、やはり……やるつもりか」

「当たり前でしょ。それに女騎士たるもの、戦場で負けたときにやられる覚悟はできているんでしょ」

すでに腰が抜けてしまい逃げる力などないガーベリヌは、膝を開いたまま赤面した顔を背けて吐き捨てる。

「好きにしろ」

「あはは、無理しちゃって、期待しているくせに。ぼくならその辺の男を相手に処女を捨てたときみたいに痛みに苦しむことはないよ。快感に堕ちるという体験をさせてあげる」

笑いながら嘯いたヴラットヴェインは、いきり立つ逸物を鉄壁の女騎士の膣孔に添えた。

そして、押し込む。

ズブン!

一時は文字通り石化していた処女膜も、すっかり柔らかく揉み解されており、少年の逸物によってあっさりと打ち破られる。

「ああ……」

魔術師が宣言した通り、破瓜の痛みはなかったガーベリヌであったが、マングリ返しでの結合だ。女性器に男棒が押し込まれる光景が丸見えである。

自らの貞操が失われるさまを見せつけられた女は、絶望の声をあげた。

「おお、締まる。これだから体を鍛えている女のオ○ンコはやめられない」

舌なめずりをしたヴラットヴェインは、嬉々として腰を上下させる。

「あっ、あっ、あっ、あっ……」

少年の逸物が出入りするたびに、女の内部が裏返り、卑猥な飛沫をあげる。その光景を見ながら、ガーベリヌの口唇からは喘ぎ声がでてしまう。

「あはは、楽しんでくれているみたいでよかった。でも、まだ表情が硬いよ。ほら、笑顔笑顔♪」

「だれが！　体を好きにしたからといって、わたしの心まで好きにできると思うな」

「うんうん、いい心がけだ。睨まれながらするセックスというのも乙だよね。でもまぁ、せっかく体を任せてもらったんだから、思いっきり気持ちよくなってもらわないとね」

リズミカルに腰を上下させながらヴラットヴェインは両手を伸ばし、揺れる乳房を鷲掴みにした。

そして、勃起している乳首に吸い付く。

「ああ、な、なに、そ、それはやめろ、う、うそ、き、気持ちいい♪」

少年の高速突きにさらされながら、乳首を強く吸われたガーベリヌは目を剥き、背筋を反らせてしまった。

ビクビクビク……

「ふぅ……」

心とは裏腹に絶頂してしまったガーベリヌは安堵の吐息をついたあと、悪の魔術師がニタニタと見下ろしているのに気づいて、慌てて視線を逸らす。

「さぁ、もういいだろ」

「あはは、ガーベリヌちゃんは健康だから感度もいいんだよ。さて、何回連続でイケるかな？」

好き勝手なことを言いながらヴラットヴェインは、少年ならではの疲れを知らぬ荒腰で、逞しい女騎士を犯し続けた。

「ひぃ！　ひぃっ！　ひぃっ！　ひぃっ！」

正常位から始まり、背面座位となり、立ちバック。さらには右足を抱えられ、立ち横位で犯されて、ガーベリヌの理性は飛んだ。

「もうッ、ダメッ、これ以上はッ、これ以上は許してッ、イクッ、イクッ、イク――ッ!!!」

「いや、さすが普段からあの重いのを着て生活していただけあって、ガーベリヌちゃんは体力があるわ。いまので六回目だ。そろそろおちんちんの良さがわかってきたんじゃないかな？　どう、おちんちんに突きまわされる気分は？」

初体験だというのに、ヌカ六されてしまった女騎士は、朦朧《もうろう》とした意識の中で呟いた。

「さ、最高……」

「はい。よく言えました。ご褒美だよ」

ヴラットヴェインは、捕らわれの女騎士の体内に向かって思いっきり射精した。

ドクン！　ドクン！　ドクン！

「ひぃ、入ってくる。入ってくる。熱い、熱いのぉ～」

初めての膣内射精体験に、理性を失った女騎士はすすり泣きながら男に抱き着いてしまった。

※

「あら、どうしましたの？」

河畔にてグリンダが食事の用意をしていると、ガーベリヌが戻ってきた。

兜は河畔に置いていったから、素顔をさらしている。

鎧の胸部は砕かれているから、二つの生乳は丸出しだ。

それらの外見は森に入るまえと同じなのだが、ガーベリヌの雰囲気が一変していた。

さきほどまでは堂々と乳房をさらしていたのに、いまは両腕で恥ずかしそうに腕で隠しているのだ。

「なんでもない。やられただけだ」

頬を染めたまま若干涙目のガーベリヌは吐き捨てる。

「えっ？　それって」

グリンダの確認に、どこからともなく現れたヴラットヴェインが答える。

「彼女もいまからノーパン生活だよ」

「そいつは……災難だったな」

事情を察したアンジェリカは人生の先輩として、心を折られた後輩を慰める。

その手を、顔を真っ赤にしたガーベリヌは払いのけた。

「この程度、なんということはない！　犬に噛まれたようなものだ！　あとで必ず報いをくれてやる！」

「よし、その意気だ」

そんな二人のやり取りを他所に、グリンダは地団太を踏んで陵辱者に詰め寄っていた。

「まぁ、あたくしだけのけ者？　あたくしはいつでもウエルカムですのに――――ッ!!!」

第四章　妖女の本懐

「最後に残ったということは、あたくしがメインディッシュということ。まぁ、当然ですわね」

ダンジョン内で一夜を過ごし迎えた朝。といっても本当の朝陽など見えないが、とにかく朝食のテーブルについたグリンダはなぜか勝ち誇っていた。

「……」

前座認定されてしまったアンジェリカとガーベリヌは、黙々と朝食を口に運んでいる。

アンジェリカは濃紺の修道服、ガーベリヌは黒い全身鎧のままだ。

胸部が壊れてしまって露出していたガーベリヌの胸元には、スカーフが巻かれていて応急のブラジャーとなっている。

簡易なテーブルに並べられた献立は、出来立てのパンと温かいクリームシチューと生野菜のサラダだ。紅茶とコーヒーとオレンジジュースもあった。

彼女たちはダンジョンがそれほど深いことを想像していなかったので、食事を持参していなかった。用意したのは、ヴラットヴェインだ。

スプーンを振り回しながらグリンダは、熱弁を振るう。

「さて、今日こそあたくしがやられてしまう当番なのでしょうけど。どんな恥辱体験が待っているのかしら？　想像するとワクワクしますわね」

酔いしれた表情のグリンダは、両腕で自らの体を抱く。

「……」

重厚なガーベリヌは無視を決め込んでいるが、アンジェリカは耐えかねたらしい。

「おまえな、目的が本末転倒しているぞ。あたしたちの目的は、こいつの討伐だ」

当たり前の顔をして同じテーブルについているヴラットヴェインを指さして怒鳴る。

「まぁ、そんなことは承知しておりますわ。しかし、最悪の事態は常に想定しておきませんとならないでしょう」

ヴラットヴェインの幻影に向かってグリンダは、ニッコリと本人的には極上の笑みを送る。美しいが打算の透けて見える実に悪女的な表情だ。

「あたくしの希望としては、薔薇のように華やかに純潔を散らしたいですわね。悠久の刻を生きる男のテクニックに、十代の小娘が対抗しうるはずがありませんもの。身も心も蕩けさせられる快楽堕ち。愛の奴隷とされてしまうのですわ。しかし、けなげに尽くすあたくしを師父もまた愛さずにはいられなくなる。ああ、最初はほんの遊びのつもりが、いつしか本気の愛となり、あたくしなしでは寂しくて仕方なくなる。気づいたときには単なる肉奴隷が、愛弟子となり、知りうる限りの魔法を伝授せずにはいられなくなるのですわ」

グリンダの垂れ流される妄想を聞かされていた女たちは、げんなりとした表情になる。

「……」

闘志を内に秘めるタイプのガーベリヌは黙々と食事を続けているが、アンジェリカは我慢できずに、大きく溜息をつく。

「はぁ～、そんなハチミツ漬けのチョコレートみたいな妄想よくできるな」

「そうですわね。なにせ相手は人類史上、最悪の魔術師。希望通りの体験とは行き難いでしょう。例えば、あたくしのように美しい女は、悲劇の中で純潔を散らせたほうが映えるかもしれません。例えば虫責め。この美しい柔肌をおぞましい虫たちが這いまわる。あぁ～、美女と醜い虫のコントラスト。絵になりますわ。あたくしは恐怖とおぞましさに悲鳴をあげて泣き叫ぶ。美しい女が怯えるさまは、それだけで男の官能を煽りますわ。そして、怯える心とは裏腹に、おぞましい蟻走感の中で快楽に目覚めさせられてしまう。ああ、なんたる悲劇。醜い虫によってイかされまくる屈辱。しかし、どんなに気高い女も、肉体の快楽には勝てない。悲しいけれども、これは絶対の真理」

酔いしれた表情をしたグリンダはさながら歌劇の主役といわんばかりに、左手で顔を押さえて、右手を天高く上げる。

「おい」

呆れるを通り越して、ヒキ顔になっているアンジェリカのツッコミを無視して、グリンダの妄想は続く。

「あるいはタコの触手責め。生臭い触手に全身を嬲られ、処女を奪われる。そして、口、膣、肛門を触手で掘られる屈辱に涙しながらイかされるんだわ。ああ、仙樹の寵愛を一身に受けたかのような美女が、もっとも悲惨な体験でイってイってイカされまくり、身も心も汚されてしまう。まさに悲劇。しかし、こんな酷い扱いをされても、師父への一途な愛が揺るがないと知ったとき、師父は前非を悔いて、必ずや温かい愛で包んでくれるはずですわ」

頬を染めたグリンダは、ドレス越しに股間を押さえて内腿をモジモジとこすり合わせる。

「ああ、虫責めにせよ、触手責めにせよ、想像しただけでイってしまいそうですわ」

処置なしといった顔になったアンジェリカは、ジト目をヴラットヴェインに向ける。

「……だってさ」

「正直、やりづらい娘だよね」

ドエスな顔した、ドマゾ願望の女をまえにヴラットヴェインは、苦笑しながら肩を竦めた。

※

朝食を終えたヴラットヴェイン討伐隊の三人は、ダンジョンマスターの案内で探索を再開した。

といっても、一向にダンジョンらしくない場所だった。

薄暗いひたすらにだだっ広い空間。足下を見れば一面に白い花が咲き乱れる花畑である。

「まったく、なんなんだここは」

悪態をつくアンジェリカに、当たり前の顔で付いてきているヴラットヴェインが応じる。

「ここはぼくの家だからね。綺麗にしているのは当然でしょ」

「ああ、そうだったな」

「それにキミたちも、暗くジメジメとした洞窟の中で、辱められるよりも綺麗な花畑の中で辱められるほうがいいでしょ」

先頭を歩くガーベリヌがむっとした声で吐き捨てる。

「二度とあのような不覚はとらん」

黒い全身鎧の胸元から白い双丘は丸出しになっている。ブラジャー代わりに巻いていたスカーフだが、所詮は応急処置。

乳房が大きすぎて柔らかいため、歩いているうちにまろびでてしまう。そのため潔く諦めたらしい。堂々とさらしている。

「そうだ。あたしたちをいつでも料理できると言いたげだが、カレル城で敗れたことを忘れるなよ」

アンジェリカまで凄む。

しかし、ヴラットヴェインは一向に恐れ入らない。

「またまた、今日はどういうふうに辱められるか、って想像してオ◯ンコが濡れだしているんじゃない」

「ふざけろ死にぞこない」

修道服を纏う者とは思えぬ粗暴さでアンジェリカは吐き捨てる。

「まったくノーパン女たちが強がりますわね」

そう嘯いたグリンダは一人、杖に横座りになって空中を浮遊しながら移動していた。歩くのが面倒になったらしい。

「てめぇはいったいだれの味方だ」

アンジェリカに怒鳴りつけられたグリンダは、苦笑して肩を竦める。

「もちろん、あなたたちの味方ですわよ。あたくしは仙樹教の権威に逆らうほど愚かではありませんからね」

「これは単なる腕自慢の冒険劇ではないんだ。仙樹教の大司教たるシルフィードさまが教会の威信をかけて、不倶戴天の仇たる山麓朝と雲山朝の手をひそかに結ばせた大プロジェクトだ。絶対に失敗は許されない。この国の、ひいては人類の未来がかかっているんだぞ」

自分たちの冒険の意義を声高に語ったアンジェリカだが、その足取りは少しずつ遅くなっていった。

「はぁ、はぁ、いったいこのダンジョンはどこまで続くんだ」

「あら、息が上がっていますわよ。仙樹教の執行官さまは意外と体力がありませんのね」

涼しい顔で杖に跨がっている魔女に揶揄されたアンジェリカの頬が、怒気以外の感情で紅潮している。

「馬鹿な、こんなはずは……ん」

「どうかしましたの？」

「いや、なんでもない」

さらに進んでいくと、アンジェリカとガーベリヌの足運びが明らかにおかしくなった。

内腿をこすりつけ、尻をクネクネと動かす。見かねたヴラットヴェインが質問する。

「二人とも、もしかしておしっこを我慢しているのかな？」

「はぁ、はぁ、はぁ……ち、違う、ど、どうなっているんだ、これは……」

必死に反論するガーベリヌの横に近づいたヴラットヴェインは、一歩ごとにポヨンポヨンと踊る巨大な乳房をしげしげと見る。

「あは、ガーベリヌちゃんの乳首、すっごいビンビン♪」

「こ、これは……はぁ、はぁ、はぁ」

いまさらながらガーベリヌは恥ずかしそうに、手甲のついた腕で乳房を隠す。

「息苦しそうだね。兜を脱いだほうがいいんじゃないの？」

いつもならば隙のない女騎士の背後にすっと回った魔術師は、その頭部を覆っていた兜をあっさりと奪う。

「ダメ、はぁ、はぁ、はぁ……」

兜の中からあらわとなったのは、凛々しい女騎士の顔ではなかった。発情しきった牝の顔である。

まるでサウナに長時間入っていたかのように顔全体が紅潮して、荒い呼吸をしていた。

「はぁ、あぁん、はぁん、もう我慢できない……あぁん」

ガシャン！

と具足に包まれた膝を地面につけたガーベリヌは、その場で惚けた表情になってしまう。

「ちょ、ちょっと、あんた大丈夫⁉」

驚くアンジェリカに、ヴラットヴェインは声をかけた。

「あはは、アンジェリカちゃんの乳首も、修道服越しにもわかるほどに勃起しているじゃん」

「えっ！　こ、これは違うの⁉」

かぁ……と頬を染めたアンジェリカは、自分の身に起こっていることが理解不能だったのだろう。反論の言葉が思いつかず、視線を泳がす。

それをいいことにヴラットヴェインは高笑いで追い詰める。

「あはは、やっぱり二人とも昨日の体験が忘れられないんじゃないの」

「そ、そんなはずない……」

「本当かな？」

懐疑的に笑ったヴラットヴェインは、アンジェリカの後ろに移動した。そして、修道服のスカートをたくし上げる。

「ひっ⁉」

黒いストッキングと黒いガーターベルトに包まれた細く長い脚。ただし、昨日からノーパン生活を強いられている彼女は、いきなり白い尻と黄金の陰毛が露出する。

白い内腿がヌラヌラと濡れ輝いていた。

「うわ、おしっこ漏らしたみたいになっている」

「こ、これは……」

とっさに両手で恥丘を押さえたアンジェリカが言い訳を口にするより先に、派手な金属音がした。

音の方角に目を向けると、手甲を投げ捨てたアンジェリカが、自らの乳房と陰部に手をあてがい、狂ったようにオナニーを始めていた。

「も、もうダメ、と、止まらない……、わ、わたしは、ああ、なにをやっているのだ」

「あ、あたしも……うずく。オ〇ンコが、おっぱいが、子宮がうずくの……ああ♪」

真面目娘の壊れたオナニーに触発されて、アンジェリカもまた自らの乳房や陰部を押さえてオナニーを始めた。

「これはこれは、二人とも一夜にしてずいぶんと淫乱に育ったね」

　ヴラットヴェインに嘲笑されても、美しい花畑の中に屈みこんだ聖職者と女騎士は、自涜をやめられなかった。

「ああ、すごい、なに、これ、気持ちいい、気持ちいいの♪」

　乳房を揉むだけでは満足できなかったらしいガーベリヌは、自らの乳房を抱え上げると顔を下げて、乳首を舐め始めた。

「わお、さすが巨乳ちゃん、マイパイナメができるんだ」

　ヴラットヴェインが感動の声をあげている。

「はぁ……はぁ……はぁ……なぜ、わたしはこんなことを……ああ、やめられない」

　昨日まではオナニー経験もないと豪語していた気高い女騎士が、人前での邪淫を止められない。

　高まる快感とは裏腹に、誇りがゴリゴリと削れている音が聞こえるようだ。

「どうなっているんだ？　いや、どうしてしまったのだわたしの体は……ああん♪」

　そんな卑猥な光景を、杖に乗って眺めていたグリンダが嘲笑する。

「あらあら、こんな花畑の中を素直に歩くから、そんな無様な痴態をさらすことになるのですわ」

「ど、どういうことだ？」

左手の中指と人差し指を膣孔に入れてかき混ぜながら、右手で陰核を摘まみ扱くガーベリヌが、涎を噴きながら質問する。

「まったく無知とは罪ですわね。この一面に咲き誇っている花をなんだと思っていますの？」

邪淫に溺れる女たちは、あたり一面に咲き誇る白い花を見渡す。

彼女たちが答えを出せないことを知ると、杖に横座りになった魔女は蔑みの表情で肩を竦める。

「バンシーですわ」

「バンシーだとっ⁉」

ガーベリヌは知らなかったようだが、アンジェリカは叫んだ。

ヴラットヴェインは説明する。

「そ、よく知っていたね。好事家が大金をはたいて欲しがる、精力剤だ」

「どんなに純情な乙女も猿も恥じらう淫婦と堕ち、死にかけの老人まで元気になるという代物ですわね。それにしても、これだけあれば一財産ですわよ。ギャンブレー陛下に献上すれば、これまでの罪は許されて、爵位ぐらいいただけるのではありませんか？」

「あはは、別に商売をする気はないよ」

グリンダの捕捉説明を聞きながら、屈辱的な公開オナニーを止められないアンジェリカが激高する。

「はぁあああん、くぅ……てめぇ、気づいていたなら、ああん、教え、ろ！」

「あら、仙樹教の裏社会の方なら知っていて当然だと思いましたわ。それに師父のせっかくの趣向を台無しにしては悪いですからね」

昨日は歩いていたのに、今日は杖に乗って地面を歩くのを避けたのは、この花の匂いを嗅がないためだろう。

「キミはほんと、いい性格しているね」

「お褒めにあずかり恐悦至極です」

杖の上で、グリンダは優雅に一礼してみせる。

「噂に聞くバンシーの蜜、味わってみたいという願望はありましたけど、さすがに自分から罠にかかりにいくのはなしですわね」

痴態をさらす同僚たちを他所に、己が肩を抱いたグリンダは一人酔いしれる。

「ああ、また罠にかかり、無様な痴態をさらすのはマヌケなご同輩ばかり。優秀なあたくしはこの程度の罠にハマることはない。ああ、自分の才能が恨めしい」

「くぅ――、この性悪女が!!!」

「ふっ、不覚。一度ならず二度までも、このような罠にハマるとは……ああ、あん」

屈辱に震えながらも、アンジェリカとガーベリヌは自慰行為をやめられない。

それどころか、いくら手淫に耽《ふけ》っても満足できないらしく、無様な四つん這いになると尻を高くかかげて虚しくくねらせている。

そんな二人にヴラットヴェインは呼びかけた。

「さて、二人とも、いまさらオナニーでは満足できないでしょう。欲しいなら欲しいってお願いしないとダメだよ」

「……」

自分の体がなにを欲しているのか、十分に意識していたらしく、痴態に悶えた女たちの目が泳ぐ。

「二人とも昨日のおちんちんの味は覚えているでしょ。……ほら」

ヴラットヴェインはローブの裾をめくった。

少年とは思えぬ大きな逸物が隆起しているさまに、アンジェリカとガーベリヌは生唾を飲む。

「このおちんちんでまた、オ○ンコの中をかき混ぜられたくはない？」

「ごくり……」

昨日の快感を思い出した二人は、生唾を飲んだ。

「あ……」

身を乗り出したアンジェリカがおねだりの言葉を吐こうとしたとき、その両肩をガーベリヌは抱いた。

「な、なんだ？」

戸惑うアンジェリカに、鼻の穴を大きくしたガーベリヌは言い募った。

「アンジェリカ殿、わたしも、もはや我慢できない。しかし、あいつの言いなりになるのは癪にさわる。そこで窮余の策だが、お願いしたい儀があるのだ」

「な、なに？」

同じ罠にハマった同僚の剣幕に、アンジェリカはいささか鼻白む。

それにかまわず気高き女騎士は、言い募った。

「女同士でもこすり合わせると気持ちよくなれると聞いたことがあるのだ」

「……え？」

「オ〇ンコをこすりあわさせてくれ。頼む」

意表を突かれて呆然としているアンジェリカを、ガーベリヌは押し倒す。

「ちょ、ちょっとまて⁉　正気になれ!!!」

「わたしだって同性愛になど興味はない。しかし、またあいつに嵌《は》められるくらいなら、女同士のほうがマシだ！　頼む、オ〇ンコを擦り合わせてくれ！」

そう叫んだガーベリヌは、アンジェリカと乳房を合わせると、互いの恥丘を押し付けた。

「や、やむを得ない……か？　これも任務のため、シルフィードさまのためだ」

覚悟を決めたアンジェリカもまた、ガーベリヌを抱きしめる。

「ああん、いい、ああん、ああん……」

二人の女は抱き合い、乳房を押し付け、互いの陰部をこすり合わせた。

ヌラヌラと二種類の女蜜が交じりあう。

「うわ……、えぐいですわね」

女同士の営みに、グリンダが引き気味の声を出す。

しかし、当の本人たちも特に同性愛に興味はなかったらしい。

「ああん、これダメ、ダメだ。いくらこすり合わせても、ぜんぜん気持ちよくない」

「こんな表面をこすり合わせるだけじゃ物足りない。奥まで、奥まで太く固い棒で貫かれて、ズンズンされないと……」

欲求不満な女たちの悲鳴に、高みの見物をしていたヴラットヴェインは苦笑する。

「まぁ、貝合わせが気持ちいいというのは、精神的な面が大きいといいますからね」

万策尽きた淫女たちは、チラチラとヴラットヴェインのほうをうかがう。

「そんなもの欲し気な顔をするだけではダメです。きちんとおねだりしてくれないとね」

「……」

逡巡《しゅんじゅん》する女たちの臀部に近づいたヴラットヴェインは、いきり立つ逸物で引き締まった尻の谷間を撫でてやる。

「別にぼくの軍門にくだれとか、使命を忘れろとか言っているわけではありませんよ」

「……あ、ああ」

濡れた陰部を開いた女たちは、男根に向かって淫らに腰をくねらせる。

「一時しのぎとしていまだけ、おちんちんをおねだりすればいいんです。武人のウソは軍略、僧侶のウソは方便というでしょ。恥じることではありません。さぁ、お尻をこちらに突き出して、オ○ンコをくぱぁと開いておねだりしなさい。二人いっしょなら恥ずかしくないでしょ。おちんちんさえ入れれば、その疼きから解放されるんです」

悪魔の囁《ささや》きに、気高かった女たちは屈した。

濡れた陰唇を離した二人は、並んでうつ伏せになると尻を高く突き出す。

肛門が丸見えだ。

さらに太腿を開き、股の間に手をいれると、陰唇をクパァ～と開いた。

全身を痙攣《けいれん》させながら、ガーベリヌは涎を垂らす口唇を開閉させる。

「そ、それを……、お、おちんちんをください」

「あたしにも、あたしにもちょうだい。オ○ンコの奥までずっぽりと」

アンジェリカもまた蜜の溢れる膣孔を開閉させながら懇願した。

「はい。よく言えました」

莞爾と笑ったヴラットヴェインは、いきり立つ逸物を彼女たちの体内に交互に入れてやった。

「ふぁ〜、オ○ンコが広げられるこの感じ……♪」

「気持ちいい、気持ちよすぎる……♪」

心とは裏腹に肉体に襲い来る快感に、二匹の牝は随喜の涙を流して悶絶した。

純粋な膣の締まりの良さだけでいったら、女騎士として鍛え抜かれたガーベリヌのほうがきつい。教会の執行官たるアンジェリカもまた平均的な女より締まるが、それよりもねっとりとした絡みつくような感覚があって、まさに三十路直前の食べごろの女であることを主張していた。

その光景を見下ろしながらグリンダは小首を傾げた。

「女にとっておちんちんの誘惑ってすごいものですのね。まだ穢れを知らぬ乙女であるあたくしには想像するしかありませんけど……。お肉を食べたことのない者が、いくらおいしそうな肉の焼ける匂いを嗅いでも、なんとも思わない。しかし、一度でも肉の味を知ってしまったものは、おいしそうな肉の匂いを嗅ぐと涎がでるといったところかしら？」

まるで虫の観察をしているかのような表情である。

ヴラットヴェインは器用に、一本の逸物で二つの穴を交互に行き来した。また入れていない穴には、指を入れて器用にほじる。

入れられている女たちは、いま入れられているのが指なのか男根なのか区別がつかないようである。

「いいね。二人とも昨日よりもだいぶこなれた感じだ。女は処女を捨ててからが本番だよね。これからもっともっと気持ちよくなれるよ」

「ああ、もっと、もっとズコズコして、奥まで奥まで欲しいの」

痴女たちの懇願を聞いてヴラットヴェインは、嗤《わら》う。

「ほら、自分で思いっきり腰を使うといいよ。自分の気持ちいいところは自分で探すんだ」

ヴラットヴェインに促されて、二人は淫らに腰を躍らせる。

昨日、処女を失ったばかりとはいえ、二十代の女盛りのメスたちだ。その膣孔の締まりといい、腰使いといいまさに男を貪るという表現がぴったりである。

「ああん、おちんぽちゅごい。オ〇ンコが広げられて体が溶ける」

「これは気持ちよすぎる。頭がバカになってしまう。もっとちょうだい」

すっかり夢中になって淫欲にふける女たちにヴラットヴェインは質問する。

「そろそろぼくを殺すなんて諦めたらどうかな？」

女たちは腰を振りながらも、必死に頭を横にふるった。

「あん、あん、あん、だれが！　わたしがちんぽごときに負けるはず、ない。うほ、そ、そこ、気持ちいい──♪　だ、だが、これはいまだけ、いまだけだ。あたしは必ず、シルフィードさまの使命を全うする、ああ、抜いちゃダメぇぇもっと♪」

「そ、う、いまだけ。ああん、いまだけだ。薬を盛られたのだから仕方がない。一時の恥を忍ぶのみ。ああ、おちんぽ気持ちいい――♪」

一本の逸物を貪りあう女たちの主張に、ヴラットヴェインは苦笑する。

「強情だなぁ。でも、だからこそ、堕とし甲斐があるんだけどね。それじゃ、そろそろ種付けしてあげよう」

「た、種付け？」

「そ、今日もたっぷり中出ししてあげるからね。キミたちじゃ、避妊の魔法とかしらないでしょ。女は精液を注がれると妊娠しちゃうんだよ」

ヴラットヴェインの囁きに、いまさらながらそのことに思い至ったのだろう。女たちはガクガクと震えた。

「そ、それはダメ、それだけは。わたしは国家にこの身を捧げたのだ」

「あたしも、貴様の子供など孕んでは、シルフィードさまに顔向けできぬ」

慌てる女たちに向かって、ヴラットヴェインは笑う。

「それじゃ、いくね」

逃げようとする女たちを押さえつけ、ヴラットヴェインは二人の膣内にたっぷりと射精する。

外見にふさわしい十代前半の少年のような、勢いと濃度の白濁液が女たちの体内で大量に噴き出す。

ドックン！　ドックン！　ドックン！

「ああ、入って、入ってくる。妊娠したくないのに、中に出されるの最高に気持ちいい～～～♪」

「そ、そんな、悪魔の子を、悪魔の子を身ごもってしまう。あぅ～♪」

肉体的な衝撃と、精神的な衝撃で、二人の女は目を剥き、ガクガクと痙攣した。

「ああ、気持ちよかった」

爽やかに笑った少年の外見をした生き物は、情け容赦なく膣内射精して小さくなった逸物を引き抜いた。

「さすがは師父、いい趣味をしていらっしゃいますわ」

空飛ぶ杖を操ったグリンダは、ヴラットヴェインに近づくと、その左肩にしなだれかかった。

「女はこうやって一枚一枚、玉ねぎの皮を剥くように堕とされていくんですわね。いい手本を見せていただきましたわ」

二人の眼下では、あれだけ妊娠を恐れていた女たちが、高くかかげた尻を痙攣させ、開いた膣孔から大量の白濁液を垂れ流していた。

その表情は牝の喜びに惚けてしまっている。

※

「さて、彼女たちはこうやって順調に堕ちているわけですが、問題はキミをどうするか、だよね」

膣内射精された余韻に浸っているアンジェリカとガーベリヌを他所に、ヴラットヴェインは杖に腰かけたまましなだれかかっているグリンダをしげしげと見上げる。

「うふふ、あたくし、師父にやられる覚悟はできておりますけど、その方たちのようなマヌケではありませんから、そう簡単に捕まってはあげませんわよ。おーほっほっほっ♪」

不穏なものを感じたのか、杖に腰かけたまますっと離れたグリンダは、中天から口元に左手の甲をあてがい気持ちよさそうに高笑いする。

「捕まえるだけなら、そう難しくはないんだけどね」

そう言ってヴラットヴェインは右手を振りかぶった。

「まぁ、キミのお望み通り、派手に華やかにいこう」

唐突にグリンダを中心とした半球面状、薄暗いダンジョンの空一面に魔法の矢が浮かんだ。そして、それが一斉に放たれる。

「っ⁉」

息を飲んだグリンダは、ただちに真剣な表情になって杖を操った。

「すごい、よく躱しましたね」

襲い来る魔法の矢の雨を軽やかに避けながら、グリンダは楽し気に笑う。

「うふふ、実戦テストというやつですか？　いいですわよ。あたくしの実力のほどを師父に見せて差し上げますわ」

「もし、ぼくに魔法を当てられたら、ぼくの弟子にしてあげるよ」

「言いましたわね。約束ですわよ」

杖で飛び回りながらグリンダは、両掌を胸の間で近づける。その狭間に魔法玉を作った。

「そ～れ」

雷が薄暗い洞窟内を走る。しかし、ヴラットヴェインに当たるまえに目に見えない魔法壁に阻まれてしまった。

「うん、学生さんにしては威力がある。でも、不用意だね」

攻撃に転じたせいで、グリンダの動きは止まる。その隙に魔法の矢がグリンダの背中を捉えた。

「キャッ！」

杖から叩き落とされたグリンダは、花畑に落ちる。そこにさらに魔法の矢の集中砲火が浴びせられた。

ズドドドドド～～～ン！

一面の白い花が舞い上がり、雪のように降る。

その中でグリンダは立っていた。ただし、ダークレッドの煽情的なドレスの胸元が裂けて、白い左の乳房を露出させ、スカートの裾も裂けて黒いセクシーショーツをさらしている。しかし、銀髪の妖女はなお笑った。

「うふふ、さすがは師父、ほんの少しの油断が命取りですわね」

「おお、まだ立てるなんてたいしたものだね」

「うふふ、まだまだですわ……はぅ」

狂気の笑みをたたえていたグリンダの表情が、突如、崩れる。

プス……

畑の中から棒が跳ね上がり、指の模型がグリンダのショーツに包まれた尻の谷間に吸い込まれたのだ。それも狙いたがわず肛門に決まった。

「ま、また……ですの」

さらにプス！

今度はまえから股間に、マンチョウが決まった。

「ひぃぃいいい」

さらに四方八方から、手の模型が跳び上がり、グリンダの背中や肩甲骨やお尻を突っつく。

そのたびにグレンダは過剰に身もだえた。

ブルブルブル……

「な、なにこれ、あたくしの体が、ああ♪」

「キミのいる場所は、バンシーの花畑だよ。そんなに暴れて花粉を嗅いだら、若い娘はイキすぎて大変だよ」

「っ⁉」

どうやら戦うことに夢中で、すっかり失念していたらしい。グリンダは目を剥く。

そこにトドメとばかりに左右の乳首を突っつかれたグレンダは、内腿を濡らしながら仰向けに失神した。

※

「まぁ、グリンダさま、いつもお美しい」

グリンダが気づくと、そこは目もくらむばかりの華やかな空間であった。

見覚えがある。

ラルフィント王国雲山朝の王都バーミア。夜な夜な行われる舞踏会。その会場だ。

英雄ダイストの孫娘であり、母方には王家の血筋も流れるグリンダは、幼少のころから幾度となく足を運んだ。通いなれた空間である。

「まさに社交界の華ね」

「あれで魔法の才能もあるんですって。まさに才色兼備。さすがはダイスト将軍のお孫さんだ」

そんな賞賛の声も、グリンダにとっては子守歌のようなものだ。

女王のようにふるまい、男たちのダンスの申し出を適当にいなす。

その気になれば、大貴族の正室だろうと、国王の寵姫だろうと、次期国王候補の嫁にだってなれる。

だれもがそう言ったし、自分でもそう思った。

しかし、そんなものよりもやりたいことがあったのだ。

「……」

グリンダは違和感を覚えた。

視界が上下に揺れている。耳にはエレクトリカルパレードのような軽快な音楽が聞こえていた。

何事だろう。視線を泳がすと、前後にはいくつもの木製の馬があった。そして、上下しながら右回りに回っている。

自分もまた、木製の木馬に跨がっていた。

白を基調に、カラフルな装飾がされた木馬だ。

メリーゴーランドである。子供用の遊戯だ。

（あたくしはなぜ、ここにいるのだろう。伝説の魔導士ヴラットヴェインの弟子になるべく、試練に挑んでいたはずなのに……）

負けた。そして、祖国に送り返されたということだろうか。

紳士淑女の視線が、自分に集まっている。

これは珍しいことではない。なぜなら、自分は美人だから、魅力的だから、みんなの視線を集める。当然のことだ。

しかし、なにかが違う。

ふいに自分の姿を見下ろして、グリンダは絶句した。

素っ裸であった。いや、素っ裸に縄が幾何学模様に結ばれている。亀甲縛りというやつだ。その状態で馬に跨がっている。

（ウソでしょ。あたくしが、英雄の孫で、王家の血筋さえ流れる、比類なき権門の令嬢たるあたくしが、このような、さらし者にされている）

自分の目的を遂げるためには、いくらでも自分の女を武器にできたグリンダだが、良家のお嬢様である。

人一倍プライドも高い。

身の焼けるような羞恥にさらされた。

「ああ、世界で一番美しいあたくしが、魔法の天才たるあたくしが、国王だろうが、大司教だろうが、みんなひれ伏させてやるつもりだったのに、ああ、こんな惨めなさらし者に……」

自意識過剰を極めている女は、むき出しの乳首をシコリたたせ、木馬に跨がった股間からは失禁していると見紛うほどの愛液を垂れ流した。

「ああ、なんという辱め！　イク――っ！」

メリーゴーランドに揺られながら、何度も絶頂したグリンダの脳裏は真っ白に焼けてしまう。

愧死したグリンダが意識を取り戻したとき、目の前にヴラットヴェインの顔があった。それも逆さまに。

グリンダは裸で逆さに吊り上げられていた。しかし、頭に血が上るということはない。これもまた魔法をかけられているのだろう。

「ゆ、ゆめ……いや、幻を見せられたみたいですわね」

「どうだった？　キミが平気で痴女のように振舞える自信のすべてをはぎ取られた気分は」

「なかなか刺激的でしたわ。子宮からすくみ上がりました」

逆さのままグリンダは安堵の溜息をつく。

「どうやら、キミはまだ俗世に未練があるらしいね。やっぱりぼくの弟子は無理だよ。素

「天下の大魔術師さまが、そんな常識的な説教をしないでほしいですわね。興醒めですわ」

グリンダは挑発的に笑う。

「あたくし、師父の弟子になれるというのでしたら、社交界だろうと、玉座のまえであろうと、裸になってオナニーしてみせますわよ」

「まったく、キミみたいな変態女は、どう扱っていいか本当に困るよね」

ドSの顔をしたドM女をまえに、ヴラットヴェインは本当に扱いに困っているようだ。

「ですから、とっととあたくしの処女を奪って、かわいい弟子として導いてくださいませ」

「キミ、本当に処女なの？」

「あら、お疑いでしたの？　ならば、処女検査をしてくださっていいですわよ」

小娘に挑発されたヴラットヴェインは、逆さまのグリンダの両足をV字に開かせて、銀色の陰毛に彩られた陰唇をのぞき込む。

そして、感心した顔になる。

「さすがだね。こんなに行き届いたオ○ンコを見たことがない。隅々まで綺麗に洗われているどころか、香水まで振りかけてあるのには恐れ入ったよ」

「うふふ、淑女としての当然の嗜みですわ。敬愛する師父に捧げるんですもの、失礼があってはいけませんから♪」

マンカスのひとつとてない。まるで飴細工のような女性器だ。

呆れたヴラットヴェインは、からかうようにクリトリスを押す。

「でも、淫乱女を気取りながら包茎クリトリスとはお笑いですね。意外なことにオナニー経験もあまりなさそうだ」

「だってオナニーなんてする時間があったら、魔導書を一冊でも多く読みたかったんですわ」

「顔に似合わず勉強熱心ですね」

笑ったヴラットヴェインは、さらに膣孔を開く。奥に白い膜があり、小さな三つ穴を開けていた。

「なるほど、本当に処女膜がありますね。魔法で再生したわけでもなさそうだ。キミみたいな女性なら、適当な男と遊んでいても不思議ではないですけどね」

処女膜を覗かれたグリンダは、さすがに頬を紅潮させているが、それでもどこか誇らしそうだ。

「ですから、師父に捧げるために取っておいたのですわ。男はなんだかんだいって処女が好きだと申しますし、それは師父といえども例外ではないと思って」

「まったくすべてが計算ずくですか？」

「だって、師父に近づく方法を他に思いつかなかったんですもの」

素っ裸で逆さ吊りで大開脚させられて処女膜までさらされているというのにグリンダは、媚びた表情でウインクする。

「まったく、キミは生まれながらの魔女だね。どうして、ダイストみたいな朴念仁の孫にキミみたいな真逆な娘が生まれたんだか」

「あら、一芸に優れるという意味では、あたくしお爺様似だと思いますわよ。お爺様は槍で、あたくしは魔法というだけのこと。さぁ、これでわたくしが師父のために、すべてを捧げる覚悟があるとわかってくださったでしょ。オ〇ンコでもアナルでも、好きなほうに入れてよろしいですわよ。あ、まずは口でもしろというのでしたら、ご奉仕いたしますわよ」

捕らわれの美女の挑発に、ヴラットヴェインは莞爾と笑った。

「ふむ、どうやらキミは、女にもうひとつ穴があることを知らないみたいだね」

「もうひとつ……ですの？」

「どうせだから、キミの知らない穴から調教してあげよう」

困惑するグリンダのまえで、ヴラットヴェインは細長い管を取り出した。

「これなーんだ？」

鼻先にかかげられた細い管を、逆さまのグリンダは寄り目になって見つめる。

「ストロー？　ですか？」

「これをなにに使うと思う」

「さ、さあ？」

想像はつかなくとも、ろくでもないことだという程度のことは想像がついたのだろう。いままで余裕のあったグレンダの表情が強張り、頬に冷や汗が流れる。

「まぁ、棒というのは穴に入れるのが定番だよね」

逆さまでV字に開かれているグリンダの股間に手を入れたヴラットヴェインは、管を挿入した。膣孔でも、肛門でもない、もうひとつの穴に向かって。

「ちょ、ちょっと、そこは……ああ、まさか、尿道？　尿道ですの？　いろいろ考えていましたが、尿道を犯されるのは想定しておりませんでしたわ。待って。お待ちになって。これはさすがに……ヒィィィィィィ!!!」

尿道口に細い管が入れられたのだ。

プシャッ！

逆さまのグリンダの体が反り返り、股間から熱い液体が噴き出した。

「まだまだこれからだよ」

嗤いたヴラットヴェインは、捕らわれの逆さ美女の尿道から飛び出しているストローの先を咥えて、チューーッと吸った。

「うほほほ、ら、らめれすわ。そ、そこを吸うだなんて、ひぃぃぃぃい、でる、またでちゃ

うぅ」

ブルブルブルブル……

自分のまき散らした小水塗《まみ》れになりながら、逆さ磔《はりつけ》状態のグリンダは全身を激しく痙攣させた。

「あはは、気に入ってくれたみたいだね。カテーテル責め。尿道オナニーという言葉もあるくらいだし、女はこの快感を知ると忘れられなくなるといわれているね」

「はぁ、はぁ、はぁ、さすがは師父。こんな快感があるだなんて想像もいたしませんでしたわ」

白かった全身の肌を桃色に紅潮させたグリンダは、小水をまき散らしながら悶え狂った。

「いや～、キミが言っていた通り、被虐の美人というのは絵になるね」

目を細めながら、今度は管を吹いた。

「あひぃ、そんなそこに空気を入れるだなんて、ああ、許して、許してくださいませ、ああ、ダメ、こんな快感を教えられては、おかしく、おかしくなってしまいますわ。あひぃいいぃ」

まるで楽器でも奏でるかのようにヴラットヴェインは、美女の尿道に入った管を、吸っては吹いてを繰り返した。

そのたびに失禁を繰り返し、ガクガクと痙攣を繰り返していたグリンダであったが、やがて尿道から溢れる液体はなくなった。

「こんな快楽があるなんて……ちりませんでちた……」

グリンダは完全に白目を剥き、半開きの口元から舌を出して惚けてしまった。

尿道責めで完全にイってしまった女を、ヴラットヴェインは白い花の咲き乱れる花畑に下ろしてやる。

大地に仰向けにされても、しばし惚けていたグリンダであったが、よろよろと身を起こす。そして、ヴラットヴェインに向かって正座をすると、身を投げ出した。

「まずは尿道を調教していただきありがとうございます。女にこんな喜びがあるだなんて、非才なる身には想像もできませんでしたわ。お願いします。ぜひ弟子にしてください」

いわゆる裸土下座である。

ヴラットヴェインはあきれ果てた溜息をつく。

「キミの根性にはさすがに驚かされるね。しかし、最初に約束した通り、キミを弟子にするのは、このダンジョンの最深部にたどり着けたら、だ。でも」

「でも？」

「とりあえず、キミの処女は貰っておこうか」

露悪的に笑ったヴラットヴェインが、ローブの中からいきり立つ逸物を取り出すと、顔を上げたグリンダは歓声をあげる。

た。

「喜んで進呈いたしますわ」

その場で腰を下ろし両足を上げたグリンダは、左右の足の裏を合わせるO字開脚になった。

そのさまにヴラットヴェインは苦笑する。

「普通、これから処女を奪われると知ったら、女は必死に抵抗するものなんだけどね」

陰唇をさらしたまま右手の親指を咥えたグリンダは、媚びた笑みを浮かべる。

「だって、師父に処女を捧げるのは、あたくしの長年の夢ですもの」

「まったく、キミは生まれながらの魔女だね。男を操るすべをよく心得ている」

次の瞬間、グリンダの体が浮き上がった。

「きゃっ！」

O字開脚のグリンダは、濡れた陰唇から引き寄せられるようにヴラットヴェインに近づいていき、ごく自然にいきり立っていた逸物をぶち込まれた。

ブツン！

処女膜はあっさりと破れた。しかし、グリンダは痛みを感じることはなかった。ごく自然に憧れの男の肉棒を体内奥深くに飲み込む。両手でヴラットヴェインの頭を抱いた。結果、豊かな白い乳房の谷間に、少年の顔は挟まる。

いわゆる駅弁ファックと呼ばれる体勢だ。外見だけを見れば、少年と成人女性である。

あり得ない体勢だが、相手は希代の魔法使いだ。なんでもありである。

「は、入りましたのね。師父のおちんちんが、あたくしの中に……オ〇ンコの中に」

覚悟していた破瓜の痛みがなく、あっさりと挿入されたことにグリンダはいささか戸惑っているようだ。

「ああ、入ったよ。ほら」

ヴラットヴェインは軽く腰を振るってやる。

「か、感じますわ。こ、これが師父のおちんぽさま、ああ、師父のおちんぽぉ～が、奥に、奥に届いています。ああ、固くて太くて、長い、なんですの、このおちんぽ、見た目とぜんぜん違う。中で大きくなっていますわ。絶対に大きくなっていますわ。ああ、わたくし、初めてなのに気持ちよくなっている。ああ、こんなに気持ちいいだなんて、ちゅごい」

「破瓜の痛みに涙する女も嫌いじゃないんだけど、あんまり痛がられると興醒めだからね」

嘯いたヴラットヴェインは、グリンダの尻を軽くたたいた。

「ほら、腰は自分で動かしな。ぼくの弟子になりたいなら、腰使いくらい覚えないとね」

「は、はい。頑張ります」

伝説の魔法使いの弟子希望の女は、佇立した少年に抱き着きつつ、必死に腰を使った。

「うふふ、ざらざらでいいオ〇ンコだ。特に膣孔まわりのぶつぶつがいい。これはカズノコ天井ってやつだね。名器ってやつだよ。このオ〇ンコなら、適当な国の王様を誑かして、国を滅ぼすこともできるかもね」

「ああん、そんなことをおっしゃらずに、徹底的に仕込んでください。このオ◯ンコは師父専用ですわ」

夢中になって接吻をしてくるグリンダの乳首を摘まみながら、ヴラットヴェインは嘲笑する。

「くっくっくっ、処女を奪われたくらいで弟子になれたなんて思ったらダメだよ。約束はあくまでも最深部のぼくのいるところにたどり着けたらだ。もしたどり着けたら、キミの希望通り徹底的に仕込んであげるよ。魔女としても、女としてもね」

「ぜ、絶対にたどり着きます。ああ、師父のおちんちんをだれよりも知る女になりますわ。ああん、ああん、あんん」

伝説の魔法使いの逸物に貫かれた魔女の卵は、歓喜に震えた。

それでいてザラザラな肉襞が、肉棒にみっちりと絡みついてくる。

魔女として、痴女として、淫女として、これからおおいに将来有望な女の膣内で、ヴラットヴェインは舌を巻く。

(まったく、こんなのを育てたら、将来どうなっちゃうのかな？　まぁ、面白そうだからいいか)

弟子希望の娘に、師としての威厳を見せる意味もあってヴラットヴェインはイかせまくった。

「うほほほ、ちゅごい、ちゅごずぎる。師父のおちんぽ、ちゃいこう〜〜〜♪」

何度目かの絶頂に達したあと、グリンダは不満そうな顔をした。

「なんで、射精してくださいませんの。あたくし師父の子供を産む覚悟はできていますわ。あの女たちとは違いますの。師父の子種が欲しい。オ○ンコの中を師父のザーメンでいっぱいにしてほしいんです」

「まったく、キミはほんと調子が狂うな。仕方ない。今回は特別だよ」

苦笑したヴラットヴェインは、妊娠希望の女の体内に向かって射精した。

ドビュユユユユユッ！

「ひぃぃぃぃ、きた。き、きた。はひ、きましたわ。あはは、師父の子供はあたくしが、産みますわぁぁぁ」

なにやら不穏なことを叫びながらグリンダは、一段と高く絶頂した。

第五章　大司教の夢

「ラルフィント王国は、千年の昔、山深いバーミアの地に誕生しました。それから人類の繁栄と発展に寄与してきた素晴らしい国です。それがいま、身内で争っていることは大変悲しむべき事態です。例えて言えば家族で争っているようなもの。なぜこのような悲劇的なことになったのでしょう」

ラルフィント王国の古都バーミアにある仙樹教の大法院にて、翡翠の長髪をした女が、多くの信者たちをまえに演説をしていた。

女にしては背が高く、スラリとした体に、体の線のよくわかる露出の激しい白い長衣をまとっている。

白磁《はくじ》のような肌に、瓜実顔。秀で額にすっと通った鼻梁《びりょう》。長い睫毛《まつげ》に縁取られた大きな目。その奥で知性的に輝く黄色い瞳。大きな口に肉感的な赤い唇。

大胆にさらされた肩幅は広く、大きな胸は前方に突き出し、いまにもドレスの狭間からまろびでそうだ。腹部がくびれ、臀部が張っている艶めかしい曲線は瓢箪のようである。

御年三十歳という大人の女性だけが持つ、しっとりとした色気もあって、まさに絶世の美女だ。

右手には錫杖を持ち、頭上には黄金の髪飾り。腕には黄金の腕輪をつけた豪華絢爛たる装いは、地上に降臨した女神を擬人化した理想像のようである。

宗教と芸術は切っても切れない関係にあるとはいえ、ここまで派手な神官というのもそうはいないだろう。

仙樹教の大司教シルフィードの権威が一目でわかる装いだ。

彼女は、ラルフィント王国雲山朝第三代国王ギャンブレーの娘である。王女にして神官。斎王と呼ばれる存在だ。

世界宗教たる仙樹教は、ラルフィント王国の歴史とほぼ重なる。

ラルフィント王国の発展がなければ、仙樹教はこれほど大きな宗教たりえなかったであろう。

ラルフィント王国と仙樹教は表裏一体の関係にあり、そのため仙樹教の大司教は、ラルフィント王国の王族が務めるのが常だ。

「すべての元凶はヴラットヴェインです」

黄金の錫杖を翳してシルフィードは断言した。

「ラルフィント王国がかくも悲惨な状況に陥ったのは、かの邪悪なる魔術師のせいにほかなりません。これを討伐するのです。さすれば、両朝の和解の道も開かれましょう」

「うおぉぉぉ、大司教さま」

シルフィードの大演説を聞いて感動した聴衆は、手を叩き、雄叫びをあげ、中には感涙にむせぶ者までいる。

「そんな簡単な問題じゃないだろうに……」

聴衆に紛れて見学していたヴラットヴェインは、肩を竦めて苦笑する。

ラルフィント王国の内乱はすでに百年にわたって続いていた。近年では雲山朝にダイスト、山麓朝にオグミオスという英雄が出て、すさまじい激闘を演じたが、結局、決着がつかなかった。

そのため民衆は厭戦気分に捕らわれつつある。

しかし、終わらせるための手段がわからない。

そんな中にあってシルフィードは、敵を示してくれ、わかりやすい解決策を提示してくれたので、安堵し、喜んでいるのだ。

「こうやって煽っていてくれたのね。まったく、ぼくをダシに使わないでもらいたいなぁ」

ヴラットヴェインの悪名はいまさら覆せそうもないし、覆そうとも思わないが、さすがに世界中の人々に常時狙われるのは勘弁である。

美人の賞金稼ぎと戯れるのは楽しいが、やってくる賞金稼ぎの大半は、むさい男だ。

さて、どうしたものか、と思案したヴラットヴェインは、シルフィードの後ろに、十代の前半と思しき少年が従者として付き従っているのを発見した。

「おや、あれはたしか……」

先日、カレルの城で邂逅したとき、ヴラットヴェインが脅してやろうとシルフィードに突進したとき邪魔してくれた少年だ。

名前はたしかパーンとかいったはずである。アンジェリカの年の離れた弟らしい。姉と同じ金灰色の頭髪をしているが、蓮っ葉な姉と違って実直そうだ。

「よし、あれを利用しようか」

邪悪なる魔術師は、口元を三日月にして笑った。

※

「大司教猊下、お疲れさまでした。よい演説でございました」

説法を終えたシルフィードが寺院内に戻ると、枢機卿が近づく。

信者に見せていた自愛に満ちた表情とは一変、厳しい表情になった大司教は応じる。

「世辞はいりません。そんなことよりも、アンジェリカからの連絡はありましたか？」

「それがまだなにも……」

枢機卿の返答に、シルフィードは失望の表情を隠せなかった。

「たかが在野の魔導士一人に、ずいぶんと手間取りますね」

「やはり、お伽噺にもなる大魔法使いですから」

枢機卿が汗をかきながら言い訳するさまを、シルフィードは冷めた表情で見ていたが、やがて気を取り直す。

「雲山朝と山麓朝の精鋭による共同作業です。失敗は許されません。これを足掛かりとして、ラルフィント王国の内乱を収めるのです」

「大司教猊下の熱意はわかりますが、これぱかりは待つしかありません」

枢機卿に宥められてシルフィードは、大きく深呼吸をした。

「そうですね。お父様にはくれぐれも軽挙妄動をしないように釘を刺しましょう。もし、アンジェリカたちが失敗したときには、ダンジョンなど攻略する必要はありません。ダンジョンごと生き埋めにしてしまいなさい」

「はぁ」

シルフィードの過激な提案に、枢機卿は絶句する。

「世の中には機というものがあります。時間をあけては世に与えるインパクトが薄れてしまいます。邪悪なる魔導士を討ち果たした機会に、山麓朝のエダード殿下と、わたくしの妹との結婚。これが上手くいけば、両家の統合がなります。あとはアンジェリカたちが、邪悪なる魔術師を討ちさえすれば、一気にことは動くのです。まったく、なにを手間取っているのでしょう……」

計画通りに進まぬことにいら立ちながらも、枢機卿と別れたシルフィードは私室に入る。

そして、今度は一人机に向かうと、諸侯に手紙を書く。

百年にもわたって争っていた両朝を統合させようというのだ。脅しすかし宥める、いわゆる裏工作が欠かせない。

しばらくして、シルフィードの鼻孔に甘い香りが漂った。

「紅茶のご用意が整いました」

控えていたのは、朴訥とした少年である。

シルフィードの身の回りの世話をする従者のパーンだ。生真面目で働き者であるゆえに、シルフィードは寵愛している。

「ありがとう。パーン、あなたは本当に気が利くわね」

ティーカップをソーサーごと受け取ったシルフィードは、右手の小指を立てながらカップを持ち上げ、軽く匂いを楽しんでから、口に運ぶ。

「紅茶の淹れ方も上手になったわね」

「ありがとうございます」

紅茶を口に運ぶシルフィードを、パーンがもの言いたげに見ていることに気づいた。

「アンジェリカのことが心配？」

「いえ、愚姉がご迷惑をおかけしているようで。お詫び申し上げます」

パーンが跪いて謝罪すると、シルフィードは首を横にふるう。

「そんなことはないわ。アンジェリカでできぬことならば、他の何人にもできぬことでしよう。たかだか魔術師一人、もうすぐに吉報を持って帰ってくるわ」

「大司教猊下の姉へのご信頼、嬉しく、そして、大変誇らしく思います。それで、その……質問してよろしいでしょうか？」

「ええ、あなたはわたくしの命の恩人でもあるのよ。質問があるなら、なんでも遠慮なくお聞きなさい」

雲上人に促されて、卑賤なる出身の少年は躊躇いながらも質問する。

「大司教猊下はなぜそこまで両朝の統合に拘るのでしょうか？　俗事は俗事として、世俗の者に任せておき、大司教猊下は超然となさっておられればいいと思うのですが……」

「そうね。わたくしが政治に口を挟むことを嫌がる者はむろん、大勢います。しかし、彼らに任せていたのでは、一向に埒が明かないではありませんか？　戦乱が続くことで苦しむのは無辜《むこ》の民です。あなたのように家を焼かれ、教会に保護を求めてくるものは後を絶ちません。木に竹をつなぐような歪な形であろうと、平和は平和。戦乱よりもマシというものです」

どうやら、シルフィードは独りで世界の命運を背負っている気概でいるらしい。

パーンは感動の表情を浮かべる。

「なんと立派なお考えでしょう。そのために大司教猊下が苦労しているのに、ぼくはなんのお役にも立てない」

「この心遣いだけで十分よ」

自分に心酔する少年をまえに、シルフィードは満足そうに微笑する。

「いえ、せめて日々のお疲れだけでも癒して差し上げたい。働きすぎて大司教猊下が体を壊さないか心配なのです。あ、そうだ。足湯を使いませんか？」

「足湯？」

シルフィードは小首を傾げた。

「ええ、足だけ湯に浸かるのです。疲れがとれます。昔、祖母から教わりました。……はっ、すいません。出過ぎたことを」

「いえ、いいのよ。あなたがわたくしのことを思って提案してくれたのですものね。そうね。焦っても仕方ないし、お願いしようかしら？」

「不躾な提案を受けていただきありがとうございます。すぐに準備をいたします」

従者の少年は喜び勇んで、シルフィードの下を離れる。

シルフィードに背を向けた少年は、内心でニヤリと笑う。

(よし、かかった)

彼はシルフィードを崇拝する少年パーンではなく、パーンに化けたヴラットヴェインだったのである。

※

なにも知らぬ主人の下に、少年のふりをしたヴラットヴェインは盥を持って戻った。

椅子に座るシルフィードの足下に置いた盥にお湯を張り、水を入れ、ヴラットヴェインが手を入れてかき混ぜて湯加減を整える。

「よい湯加減になりました。どうぞ」

「では、試してみましょう。パーン、脱がせてください」

自らサンダルを脱いだシルフィードは、ごく当たり前に右足を突き出す。

「はい」

裾の長いスカートがめくれて、白い太腿の半ばまで露出する。そこに留められていたガーターベルトをヴラットヴェインは恭しく外し、ストッキングを脱がした。

ついで左足も、同じようにヴラットヴェインが脱がす。

こういうところは、いかに人格者として知られようとお姫様育ち。他人に着替えを手伝われるのが当たり前なのだ。

生足となったシルフィードは、つま先から湯につける。

「ああ……、気持ちいいわ。これは寛ぎますね」

「気に入ってもらえてよかったです」

まさか自分の私室に、怨敵が忍び込むなどと露ほども想像していないシルフィードは、湯に両足を浸しすっかり寛いでしまった。

そのまえに跪いたヴラットヴェインが申し出る。

「よろしかったら、おみ足をマッサージいたしましょうか？」

「ええ、お願いします」

淑女のまえに屈みこんだ少年は、湯に濡れた足を両手に押し戴き、指の一本一本を揉み解してやる。

「はぁ～」

やはり仕事に追われてストレスがたまっていたのだろう。温まった足を揉み解されて、シルフィードは恍惚とした溜息をつく。

「これは本当に疲れが取れますね」

ふいに自分の足を揉んでいる少年の様子がおかしいことにシルフィードは気づいた。

真面目で朴訥とした少年が、赤面してチラチラと視線を動かしている。

その視線の先が、自分のスカートの中であることを知って、シルフィードは、妖艶にほほ笑む。

そして、少年の視線を意識しながら、何気ない風を装いつつ、細く長い足を組み替える。

スカートの裾がめくれて、白いショーツがチラリと覗く。

「……」

ぼっと少年の顔が発火するかのように火照ったことに、シルフィードは気をよくした。

パーンは献身的な少年である。だから身近において重用していたのだ。

とはいえ、いかに生真面目といっても、思春期の男の子だ。色気たっぷりの美女をまえにして無反応でいられないということだろう。

普段から彼が、自分のことを女神のように慕っていることを、シルフィードは十分に自覚していた。

聖職者。それも世界でもっとも信者の多い、大教団のトップとして、恋愛などと無縁に三十歳まで生きてきたシルフィードは、自分の生き方に誇りを持っている。

しかし、ほんの気晴らしに、自分を慕う従者の少年をからかうことぐらい許されるだろう。

このときシルフィードは魔が差した。いや、それだけ三十路の女を誘惑する演技に、ヴラットヴェインが長けていたということかもしれない。

世界でもっとも尊い女は、軽く舌なめずりをしてから口を開く。

「パーン、どうかしたのですか？」

「いえ……」

ヴラットヴェインが恥ずかしそうにうつむくと、シルフィードは強く命じた。

「なにか隠していますね。立ちなさい」

大人の女が、無垢なる少年をからかうという遊びに入ったことを察したヴラットヴェインは、純情な少年の演技をしながら内心でほくそ笑む。

(乗ってきた、乗ってきた。絶対にこの手の女はショタコンだと思ったんだよね)

立ち上がったヴラットヴェインは、両手で軽く股間を隠す。

「手をどけなさい」

シルフィードに強く言われたパーンは、仕方ないので股間から手を離す。

すると明らかにズボンがテントを張っていた。

「まぁ……」

目を見張るシルフィードに、ヴラットヴェインは体を小さくして謝罪する。

「も、申し訳ありません」

「それはなんですか？　見せなさい」

「し、しかし」

躊躇う少年に、淑女は眉を吊り上げる。

「わたくしに逆らうのですか？」

美しい聖女さまの軽い脅しに、生真面目な従者の少年は震え上がり、躊躇いつつもズボンを下ろす。

すると、小さな逸物がピョコンと跳ね上がった。

ちなみに包茎ちんちんである。

年上のお姉さんという輩は、年下の少年の包茎ちんちんを見るとテンションがあがるものだ、というヴラットヴェインの人生哲学に従って変化させているのだ。

案の定、瞳を輝かせたシルフィードであったが、それと気づかれないように必死に呆れた表情を作る。

「お、おちんちんが大きくなってしまったのですね。まったくこんなオバサンを相手に……」

「お、オバサンだなんて……」

慌てるパーンを、シルフィードは押しとどめる。

「それではあなたから見て、わたくしはどう見えるの？」

「き、綺麗なお姉さんです。憧れの」

いけしゃあしゃあと演技するヴラットヴェインの返答に、シルフィードは相好を崩す。

「あらあら、あなたはまだ十代の前半でしょ。わたくしはもう三十路なのに……」

「ぼくの姉と三つしか違わないではありませんか」

「そ、そう言われればそうね……。アンジェリカは二十七でしたか」

その事実に思い至ったシルフィードは自信を持ったようだ。次の行動に移るまえにキョロキョロと室内を見渡す。

だれもいないことを確認してから、思いきったように両手を広げた。

「思春期の男の子では、仕方ありませんね。こちらにいらっしゃい」

「えっ⁉」

戸惑う少年に、年上の女は嫣然とほほ笑む。

「わたくしの膝に乗りなさい。遠慮は無用です」

「いや、しかし」

「しかしも、かかしもありません。わたくしの命に逆らうのですか」

いかにも驚き恐縮しているという演技をしながらも、ヴラットヴェインは素直にシルフィードに背を向けて膝に座った。

それを後ろから抱きしめながら、シルフィードはそっと右手を下ろすと、少年の逸物を握った。

「ああ、シルフィードさま、なにを……ああ」

「恥じ入ることはありません。あなたの年齢で女体に興味を持つことはごく自然なことなのですから。世間知らずなわたくしでも、男の子のおちんちんが意のままになるものではないことぐらいは知っていますよ」

掌中に包み込んだ逸物をシルフィードは、優しく扱く。

「い、いけません。尊い御方が、ぼくなんかの汚いおちんちんに触れるだなんて……ああ……」

色気たっぷりの綺麗なお姉さんの手中に、急所を捕らえられたのだ。世の童貞少年には脱出不可能な拘束だ。

もちろんヴラットヴェインは童貞ではないが、童貞食いする女が好む演技をしつつ官能の吐息をあげる。

「うふふ……かわいいわね。パーン」

妖艶に笑ったシルフィードは、膝に乗った少年の逸物を右手で持ったまま、半回転させた。

すなわち、椅子に座ったお姉さんの右側に少年の両足がきた形だ。その上でシルフィードは左手で少年の顎を上げると、自ら顔を下ろしてきた。

ぴと……

神聖にして不可侵なる大司教の唇が、従者の少年の唇と合わさった。

「っ⁉」

驚く少年に向かって優しくほほ笑んだ淑女は、舌を伸ばしてきた。

少年の唇を舐めまわし、口唇の中に入れると、前歯を舐め、さらに舌を搦めとる。

「ん、ん、ん……」

少年の舌は吸われ、代わりに唾液を流し込まれる。

童貞少年にとって、綺麗なお姉さんの体液は極上のワインのようなものだ。

長い接吻の果てに手中の少年がすっかり酩酊状態となったと確信したシルフィードは、

ようやく唇を離す。

呆然自失を演じるヴラットヴェインのまえで、頬を紅潮させたシルフィードは翡翠色の頭髪を軽く整える。

「先日、パーンには命を救っていただきました。そのときのお礼がまだでしたね」

「お、お礼だなんて……」

遠慮する少年の逸物を右手で握ったまま、色気たっぷりの淑女は左手だけで白い長衣の胸元を開く。

白桃のような乳房があらわとなる。薄いピンク色の乳首は熟した桃色だった。

「っ」

少年の熱い視線を胸元に浴びていることを十分に意識しながらシルフィードは促す。

「お礼にわたくしのおっぱいに触っていいですわよ」

「え、でも」

「やはりパーンには、わたくしのおっぱいなどお礼にならないかしら？」

遠慮する少年に、綺麗なお姉さんは眉を顰めて悲しげな表情を作る。ヴラットヴェインは純情な童貞少年らしく首を左右に振るう。

「いえ、そんな、もったいなくて……」

少年が触りたがっているのに勇気を出せないことを察したシルフィードは、自らヴラットヴェインの手を取ると乳房へと導いた。

「うふふ、よかった。これはわたくしからあなたへの褒賞です。遠慮なく触りなさい」

「は、はい……」

無理やり押し付けられた乳房は、熟れ頃の白桃のように見えて、触れるとふわっふわの肉まんのようだ。

「や、柔らかいです」

手中の少年が喜んでいることを感じて、シルフィードはニッコリと優しく促してくる。

「うふふ、それはあなたのものです。好きなようにしていいのですよ」

「はい」

ヴラットヴェインは遠慮なく両の手にそれぞれ乳房を掴み、豪快に揉みしだいた。

「ああ……」

無垢なる少年に乳房を預けたつもりのシルフィードは、細い顎を上げて気持ちよさそうに官能の吐息をつく。

いつしか、両の乳首はニョキッと勃起していた。

(大きくて見栄えがするだけじゃなくて感度もいい。おお、さすが三十路。女の食べごろってやつだな)

感嘆したヴラットヴェインは、左右の手の親指と人差し指で摘まむと、クリクリとこね回した。

「う――――」

執拗に乳首を弄り倒されたシルフィードは、官能の呻きを噛み殺す。

ヴラットヴェインは無邪気さを装って、辱める。

「シルフィードさまの乳首、すごく固くなっています。それに先がこうニョキッと勃ちました」

「そ、そうね。あなたが触ってくれたからよ。でも、触るだけではなくて、舐めてもいいですよ」

「はい。それでは舐めさせていただきます」

言われるがままにヴラットヴェインは、口を開き、濡れた舌を伸ばすと勃起した左の乳首をレロレロと舐めた。ついで右の乳首も。

「ああ、いいわ。さすがパーン、賢い子ね。今度は吸いなさい。わたくしのおっぱいをお口に含んで吸うのです」

「承知いたしました」

嬉々として頷いたヴラットヴェインは、口に含んだ乳首をチューッと強く吸引する。

母乳が出ないのが不思議に思えるミルクタンクだ。

「ああ……」

官能の声をあげたシルフィードは右手で逸物を握りながら、左手でヴラットヴェインの頭を抱いた。

そして、熱心に乳首を吸っている少年をからかう。

「も、もうそんなに夢中になって、パーンはお母さんのおっぱいが恋しいのですか？」

「いえ、シルフィードさまのおっぱいだから吸いたいのです。すごくおいしい」

「そうですか。ならばもっともっと吸いなさい。あなたの気の済むまでおっぱいを吸うことを許します」

許可をもらったことをいいことに、ヴラットヴェインは乳首を口内に吸い込み、強く吸引しながら舌先でレロレロと転がした。

「ああ、そんなに強く吸っても母乳はでませんよ、ああ……、でも、なにか出てしまいそう。んん、胸が熱いわ。こんなの初めて……」

無垢なる少年を誑かす背徳感が、シルフィードの性感をあぶっているのだろう。

白かった頬が紅潮し、手に握った逸物を強く扱いてくる。

シルフィードが十分に高まったと見て取ったヴラットヴェインは、口に含んでいた肉の実をガリと前歯で甘噛みした。

「ひぃ……、そこを噛んでは、ああ♪」

無垢なる少年に搾乳させつつ、右手で逸物を激しく扱き上げていたシルフィードはのけ反った。

欲求不満の聖女さまが、乳首責めだけでイってしまったのに合わせてヴラットヴェインもまた射精した。

ドビュ！　ドビュ！　ドビュビュビュビュ――――!!!

白魚の如き手の中から白濁液が勢いよく溢れている。

「ああ、シルフィードさま……」

射精を終えたヴラットヴェインは、いかにも精魂尽き果てたといったていで女の胸の中でぐったりと脱力する。

左手で少年の頭を抱きかかえたシルフィードは、右手を逸物から離すと、恐る恐る眼前に翳す。

「まぁ、こんなに出して……」

恍惚と溜息をついたシルフィードは、白濁液に穢れた右手に向かって舌を出してペロリと一舐めする。

まるで甘い練乳でも舐めたかのように、幸せそうな顔だ。

「あの……シルフィードさま、ごめんなさい。おちんちんがムズムズして……」

ヴラットヴェインがまだ勃起している逸物をアピールすると、それを見たシルフィードは生唾を飲む。

「いま綺麗にしてあげます。こちらに座りなさい」

立ち上がったシルフィードは、自らが座っていた椅子にヴラットヴェインを座らせた。

代わって少年の膝の間に屈みこむ。

「シルフィードさま⁉」

「うふふ、心配いりません。すべてわたくしに任せなさい」

愛し気に目を細めたシルフィードは、眼前の逸物に向かって濡れた舌を伸ばすと、裏筋をゆっくりと舐め上げた。

「ああ、パーンったらかわいい顔をして、なんて立派なおちんちんなのかしら……」

睾丸から肉棒に至り、たっぷりと付着していた白濁液をすっかり舐めとったシルフィードは、さらに肉棒を両手で掴み、亀頭部を口に咥えると、尿道口をチュウチュウと吸う。

「ああ」

亀頭部を吸いながら、上目遣いに少年の顔を見上げたシルフィードは、ニッコリと笑う。

そして、尿道に残っていたザーメンの残滓《ざんし》をすべて吸い上げたシルフィードはようやく満足して、逸物から口を離す。

「ふぅ〜」

少年の濃厚な精液を堪能したシルフィードは満足げな吐息をつく。

それから改めて眼前で反り返っている逸物を手に取り、たのしげに弄びながら、顔を上げて質問してきた。

「ああ、あんなに出したのに、ぜんぜん小さくならない」

「申し訳ありません」

「ううん、いいのですよ。あなたぐらいの年頃のおちんちんは何回だってできるのです。そう、絞れば絞るだけ……ごくり」

喉を鳴らしたシルフィードは、その後どうしたものかとしばし思案したあと、少年の膝に手を置いて恐る恐る見上げてきた。

「パーン、あなたのおちんちんをこうやって見せてもらい、触らせてもらったお礼というのもなんですが、わたくしのオ○ンコをみて見たいとは思いませんか？」

「そ、それは……み、見せていただけるのですか？」

ヴラットヴェインは童貞少年らしく生唾を飲む。

いかにも優しいお姉さんぶったシルフィードは、照れくさそうに頭髪を整えながらチラチラと横目で見上げてくる。

「うふふ、あなたはわたくしの命の恩人ですからね。たっての望みというのならば断れませんよ」

つまり望めということだろう。ヴラットヴェインは従った。

「見たいです。シルフィードさまのオ○ンコ。隅々まで全部、余すところなく」

「うふふ、あなたも男の子だったのですね。うふふ、余すところなく見るつもりですか。仕方ありませんね。こちらにいらっしゃい」

立ち上がったシルフィードは、椅子に座っていたヴラットヴェインの肩を抱いて立ち上がらせ、そのまま近くにあった寝台へと導いた。

タイトなドレスの胸元を露出させている美女は、寝台の端に腰を下ろすと、今度はロングスカートをたくし上げた。

白い純白のショーツがあらわとなる。

「パーン、ショーツを脱がせてください」

「はい」

少年は女神のまえに跪き、恭しくショーツを引き下ろした。

ヌラーと透明な糸が引かれる。

そして、ふわっと逆立った翡翠色の陰毛があらわとなる。

あまりの濡れっぷりに自分でも驚いたらしいシルフィードは、濡れたパンツを握りしめている少年をたしなめる。

「パーン、勘違いしてはいけませんよ。それはおしっこではありませんからね。女も興奮すると濡れるのです」

「はい。シルフィードさまも興奮しているのですね」

「そういうことになりますね」

この期に及んでなお年上の女として、聖女としての威厳を保とうと表情を引き締めたシルフィードは、硬い声で命じる。

「さぁ、お勉強の時間です。こちらにいらっしゃい」

「はい。シルフィードさま」

言われるがままにヴラットヴェインは、寝台のまえの絨毯の上にちょこんと腰を下ろす。

そんな無垢な少年をまえに、シルフィードは少しためらったあと口を開いた。

「パーン、あなたの日頃からの忠勤にこたえるために、いまからわたくしのオ○ンコを見せてあげますが、これは特別なことですよ。秘密は守れますか？」

「はい。シルフィードさまの言いつけならば、死んでも秘密にします」

「うふふ、パーンはそういう子ですよね」

目の前にいるのが自分の忠実なる従者と信じて疑っていないシルフィードは満足げに頷いた。

「それでは見せてあげます。あなたの希望通り、隅々まで余すところなく観察なさい」

そう言ってシルフィードは両足を開いて上げて、踵を寝台の縁にかけると豪快なM字開脚になった。

「……」

絨毯に座ったヴラットヴェインの鼻先に、シルフィードの肉裂がくる。

ふわっと温かい熱風とともに、馥郁とした牝の匂いが漂ってくる。

「これが女性器です。男とはぜんぜん違うでしょ」

「すごい、毛が生えています」

「そうですね。大人になるとみな生えるのですよ。しかし、あなたが見ているのはまだ表面だけにすぎません」

日頃の超然たる表情はどこへやら、照れくさそうに頬を染めたシルフィードは、軽く頭髪を整えてから、自らの両手を、太腿の外側から回して、肉裂を開いてみせた。

「さぁ、ごらんなさい。これが女性器ですよ。その、うねうねしていて汚くて、気持ち悪いかもしれませんが……」

「いえ、ここはその……赤ちゃんが出てくる神聖な場所なのでしょう。気持ち悪いなどと思うはずがありません」

「そう、よかった」

無垢なる少年に秘部をさらした聖女さまは、頰を染めながら安堵の吐息をつく。

「パーンは初めて見るのでしょうから、基本的なことを教えてあげますね。この上にあるのがクリトリスです。男の子でいうところのおちんちんにあたります。そして、下のほうでぽっかり開いているのが膣孔です。世にセックスと呼ばれる行為は、ここにおちんちんを入れることをいいます。さらに下にあるのが肛門です。わかりましたか？」

「はい。ご教授、ありがとうございます」

もちろん、ヴラットヴェインは知っている知識であったが、お姉さんぶった女が必死に解説してくれる光景を楽しんだ。

「それでは触ってごらんなさい」

「触ってよろしいのですか？」

「ええ、パーン、あなただけ特別です。わたくしのオ◯ンコを好きなように触りなさい」

そこでヴラットヴェインは遠慮なく触らせてもらうことにした。

まずはプクッと膨れた包茎クリトリス。そこに中指の腹を寝せて転がす。

「ああ、そこは女の急所です。優しくお願いします」

「こんな感じでよろしいですか？」

「え、ええ……、上手ですよ。パーン。ああ、そこいい、ああん♪」

包皮の上からクリトリスを弄ばれたシルフィードはのけ反り、大きく開いた口角から涎を垂らしながら喘いだ。

(さすがは聖女さま、普段からあんまりオナニーとかしていなそうだな。感度がいいこと♪)

このままイかせるのは簡単だが、そのまえにヴラットヴェインは指を移動させた。

膣孔の四方に指をあてがうと、ぐいっと開く。

「ああ、そんなに広げてみるだなんて……」

「ダメでしたか？」

「いえ、パーンにはすべて見せてあげるという約束だし、好きにしていいわ」

羞恥に震えながらも、シルフィードは必死にお姉さんぶった余裕の態度をとろうとする。

そこでヴラットヴェインは遠慮なく、蜜の溢れる膣孔の奥をのぞき込んだ。

(処女膜は……あるな。こんなに美人なのに、三十路で処女とか、つくづくかわいそうな女だなぁ。出家したからといって生身の女なんだ。隠れて恋人を作ったところで、周りは黙認しただろうに、杓子定規に操を守るとか、頭硬すぎ……。ここはぼくが徹底的に教えてあげないとな)

そんな勝手な義務感に捕らわれたヴラットヴェインは、シルフィードの女性器に向かって顔を近づけると、舌を伸ばす。そして、肉の船底を豪快に舐め上げた。

「ああ」

牝の声をあげたシルフィードはブルリと震えた。

「あぁ、パーンったら、そこは汚いのに……おお、舌でそんなに舐めまわして、ああん♪」

「シルフィードさまのオ〇ンコ、すっごくおいしいです」

ヴラットヴェインは舌を豪快に動かし、肉の船底のすみずみを舐めまわしただけでなく、膣孔に舌を入れて、処女膜まで舐めまわした。

だけでなく、溢れ出る汁を啜り飲んだ。

ジュルジュルジュル……

「ああ、シルフィードさまのオ〇ンコの奥からとめどなく、熱くてヌルヌルした汁がすっごい溢れてきます。ああ、すごい濃厚でおいしい。舐めても舐めてもなくなりません。シルフィードさまの、オ〇ンコ汁やめられません」

塩気があり、すこし酸っぱい。決しておいしい液体とはいいかねるのに、男はこれが大好きである。

それはヴラットヴェインといえども例外ではなく、演技ばかりではなく夢中になって貪った。

「ひぃ、ひぃ、ひぃ、ひぃ」

性感に慣れていない聖女さまは、百戦錬磨の邪悪なる魔術師の繰り出すクンニに耐えられず、すすり泣いた。

「ああ、ダメ、ダメ、パーンったら、そんなに、そんなにして、ああ、でも、そんなにおいしいの。なら、いいわ。ああ、気にいったのなら、飲みなさい。わたくしのオ〇ンコ汁、好きなだけ飲みなさい。あぁそんな奥まで舌を入れて、ひぃ、そんなところまで舐めほじられたら、ああ、ああ、もう、もう、ダメ、イク、イク、イク、イク――♪」

大人の女としてリードしていたつもりのシルフィードは、寝台の上に仰向けに倒れ、背中を太鼓橋のように反り上げながら絶頂してしまった。

※

「はぁ、はぁ、はぁ、もうパーンったら」

寝台の上で仰向けになったシルフィードは、開いた膣孔をパクパクと開閉させながら、暴走した少年を恨みがまし見る。

そんなお姉さまに向かって、顔を愛液でベトベトにした少年はいきり立つ逸物を誇示してみせた。

「シルフィードさま、ぼく、もう」

「どうしたのです？」

余裕のない少年に向かって、シルフィードは大人の余裕といった態度で応じる。

「あの、シルフィードさま、おちんちんはオ○ンコに入れるものだと聞いたことがあります」

「そ、そうですね。一般的にはそういうことになっています」

「入れたいです。シルフィードさまのオ○ンコに」

従者の訴えに、シルフィードは首を横にふるった。

「いけません。わたくしは聖職者。あなたの思いには応えられません」

「そ、そんな……」

絶望の表情を作ってみせるヴラットヴェインをまえに、シルフィードは溜息をつく。

「もうあんたがそんなわがままを言うだなんて……。でも、パーンも男の子ですものね。仕方ありません」

「それじゃ」

よし、釣れたと喜ぶヴラットヴェインの思惑とは違って、シルフィードは寝台の上でうつ伏せとなり、尻をパーンに向かってかかげ、自ら両手を後ろにやり、尻朶を開いてみせた。

薄桃色の肛門を豪快にさらしながら、シルフィードはのたまう。

「どうしても入れたいというのでしたら、こちらの穴に入れなさい」

「アナルにですか？」

思いもかけなかった展開に、ヴラットヴェインは素で質問してしまった。

しかし、シルフィードにも余裕はない。

「ええ、聖職者といえども、アナルでの交歓までは禁じられておりません。ですから、あなたの昂りを、アナルで受け止めてあげます」

「わ、わかりました。でも、いきなりは無理だと思いますから、まずほぐしますね」

そう言ってヴラットヴェインは、聖女さまの白い尻の谷間に顔を埋めると、肛門を舌で舐めまわした。

「あ、ああ……そんな、アナルを舐めほじるだなんて。汚いですわよ」

「シルフィードさまに汚いところなんてありませんから」

ぬけぬけと語ったヴラットヴェインは、舌の先を尖らせて、皺の中に押し入れて、だいぶ柔らかくなったことを確認してから、右手の人差し指を入れる。

ズブリ……

「ああ……そんな指を深く入れては……」

シルフィードは気の抜けた声をあげている。

(結構簡単に入った。もしかして、この聖女さま、オナニーのときアナルを弄っていたのかもな)

そんなことを考えながらヴラットヴェインは、さらに中指を添えて入れた。そして、グリグリとねじってみる。

「あああ、そこを穿《うが》っては……い、いけません。あひぃぃ」

シルフィードの麗しい外見からは想像できない野太い声が漏れた。

(間違いない。この子、アナルで感じるタイプだ)

そう見抜いたヴラットヴェインは肛門に押し入れた二本の指を左右に開く。

これにはシルフィードも慌てた。

「や、やめなさい。い、悪戯が過ぎますよ。そ、そこを開いてはいけません。まして、匂いを嗅ぐとか絶対にダメですからね」

「はい。申し訳ありません」

ヴラットヴェインは叱られた子供のようにシュンッとうなだれてみせた。

するとシルフィードは、慌てて機嫌を取ってくる。

「いいのですよ。パーンは初めてのことですからね。好奇心のままに振る舞ってしまうのは仕方がないことです。ですが、そろそろあなたかわいいおちんちんをわたくしの体内に入れてください」

「はい。シルフィードさま」

どうやらシルフィードのほうも我慢できなくなってきたらしい。

気をよくしたヴラットヴェインは、寝台の外側から寝台に乗った食べごろの白桃の如き大きな尻を抱えると、その中央の穴に逸物を添えた。

ぞんぶんに揉み解された肛門が、物欲しそうにパクパクしている。

「さぁ、ひと思いにやるのです」

「はい。シルフィードさまのアナルに入れさせていただきます」

聖女さまの指示通り、ヴラットヴェインは腰を進めた。

ズブ、ズブズブズブ……

少年の逸物は、麗しい淑女の体内に飲み込まれていく。

「うほっ」

なんとも気の抜けた声をあげたシルフィードはお尻といわず、背中といわず、全身からぬめるような汗を噴き出した。

後背位ゆえに、顔を男に見られていないという油断もあるのだろう。聖女さまは実に見事なアへ顔になってしまっている。

百年の恋も冷めそうな無様な痴女顔だ。普段、纏っていた高貴なる聖女としての仮面が剥げて、ただの牝としての本性が露呈したのだろう。

（うわ、聖女さま、アナル掘られて気持ちよさそう。でも、肛門って入口は締まるけど、実は入れて気持ちいい穴じゃないんだよね）

そんなことを考えながらヴラットヴェインは、腰を引いた。

「ひぃぃぃぃぃ」

白い肌からぬめるような汗を流したシルフィードは、なんとも情けない声をあげて悶える。

逸物が抜け切るまえに再び押し込む。

膣孔とは違い肛門には底がない。押し込めばどこまでも入る。一方で引くと、肛門ごと取れてきそうなほどに伸びた。

「こ、これは……うほほほ、すごい、すごいわよ、パーン。パーンのおちんちんにズコズコされるの、さ、最高よ」

かわいがっている従者の少年にアナルを掘られているつもりの、シルフィードはすっかり悦に入っている。

(仙樹教の大司教とのアナルセックスか。まぁ、悪くはないけど、やっぱりオ○ンコに入れたいよな)

そんなことを考えているヴラットヴェインとは違って、シルフィードのほうはすっかり出来上がってしまっていた。

「ああ、恥ずかしい。パーンにアナルを掘られるだなんて、とっても恥ずかしいのに、とっても気持ちいいの、ああ、パーンにおちんちんを入れられて、わたくし、とっても幸せよ。ああ、気持ちいい、気持ちよくて、わたくし、もう、ああ、イキますわ────!!!」

卑猥な牝と堕ちた聖女が絶頂するのに合わせて悪の魔術師もまた、直腸に向かって射精してやる。

ドビュユユユ!!!

「ああ……入ってくる。お尻の中に、パーンの精液が、ああ、溢れ返っている♪」

目をかけている少年にアナルを掘られたつもりの聖女さまは、腸内に精液を感じて法悦に浸る。

すべてを出し切ったヴラットヴェインが逸物を抜くと、シルフィードの緩み切った肛門は開閉を繰り返し、ポコポコと泡立った白濁液を溢れさせた。

（アナル好きの聖女さまか。アナル掘られて大喜びだなんて、信者のみなさまが知ったらどんな気分だろうね）

内心で苦笑しながらヴラットヴェインは、足拭きように用意していたタオルでお尻を拭いてやる。

「ありがとう。あ、あなたもおちんちんを洗わないとダメよ。アナルの中は細菌の巣です。アナルにいれたあとは綺麗に洗わないといけないわ。ほら、おしっこもしなさい」

身を起こしたシルフィードは、ヴラットヴェインの逸物を綺麗に洗い、最後に先ほど足を入れた盥に放尿を促した。

「ふぅ、これでおしまい」

満足したらしいシルフィードが身支度を整えようとしたので、ヴラットヴェインは慌てた。

「大司教さま」

「なにかしら？」

「ぼく、おちんちんを大司教さまのオ〇ンコに入れたい」

ヴラットヴェインがまだ元気に勃起している逸物をアピールすると、シルフィードは動揺した。

「な、なにを言っているの。わたくしは聖職にある身です。セックスは許されません。そう言ったでしょ」

「でも、おちんちんはオ〇ンコに入れることこそ、正式な使い方だと教わりました。ぼく、シルフィードさまのオ〇ンコ以外におちんちんを入れたくありません。ぼく、シルフィードさまがやらせてくれないなら、生涯童貞のままです」

ヴラットヴェインの口から出まかせな宣言に、シルフィードはショックを受けた顔でのけ反る。

「あ、あなた、そこまでわたくしのことを……」

「ぼく、はじめてをシルフィードさまに捧げたいんだ。お願いします。絶対にだれにも言いませんから」

ヴラットヴェインは、シルフィードのまえで土下座をしてみせた。

「だ、ダメよ。神が見ておられるわ」

「お願いします。シルフィードさまとセックスしたいです」

「だ、ダメよ、わたくしのアナルなら、これからも好きなだけやらせてあげるわ。でも、オ〇ンコはダメ。わたくしは神に捧げられた女なのですから。お願い、パーン、聞き分けてちょうだい」

ダメよ、ダメよと言いながら、本気で叱る気配も、逃げる気配もない。

(これは押しの一手で落ちるな)

そう判断したヴラットヴェインは、立ち上がるとシルフィードに抱き着き、そのまま寝台に押し倒した。

「ぼく、シルフィードさまとエッチできるなら、雷に撃たれて死んでも、地獄に落ちてもいいです」

熱烈な告白に、恋愛経験のない女はほだされてしまった。

「ああ、あなたはそこまで……」

感極まった様子で、シルフィードは顔面の少年を抱きしめ、接吻をする。

それから口を開いた。

「あなただけ地獄に堕としたりしないわ。あなたがそこまで覚悟しているというのなら、仕方ありません。あなたはわたくしの命の恩人なんですもの。いいわ、あなたのおちんちんをわたくしのオ○ンコに入れることを許します」

シルフィードは、自らの手で左右の白い太腿を抱いて、濡れた陰唇を差し出す。

膣孔の入口が物欲しそうに、パクパクと開閉していた。

「はい。ありがとうございます。シルフィードさまのオ○ンコに入れられるなんて光栄です」

仰向けのシルフィードに覆いかぶさったヴラットヴェインは、いきり立つ逸物を膣孔に添えた。

「パーン、あなたにわたくしのすべてをあげるわ。さぁ、遠慮なく入れなさい」

それにこたえて、少年の逸物がゆっくりと膣孔に飲み込まれていく。

ブツン！

途中で固い処女膜が破れた感触がたしかに伝わってきた。

「ああ……」

単に肉体的な痛みではなく、背徳感からも衝撃を受けたのだろう。シルフィードは盛大にのけ反った。

「ああ、パーンのおちんちんがわたくしのオ○ンコの中に……」

禁欲を旨とする聖職者でありながら男を、それも年端もいかない子供を食ってしまったのだ。

市井ならば、十代の半ばで子供を産む女も珍しくない。その意味で、シルフィードは自分の子供世代の少年を食べてしまったのだ。

その背徳感と愉悦から、シルフィードの全身はブルブルと震えている。

(まったく、大司教猊下なんて偉そうな肩書で呼ばれていても、所詮は牝なんだよね。まぁ、ここまできたからには堕ちてもらおうか。最深部へとね)

内心で嘲笑しつつ、ここまで来たら遠慮をする必要はない、ヴラットヴェインは、容赦なく腰を使い始めた。

亀頭部が子宮口を突きまわし、ガツンガツンと互いの恥骨が当たる。肉棒と肉壺の間からは大量の飛沫があがり、それがないと発火していたのではないかと思える勢いだ。

「パ、パーン、は、激しすぎます、あっ、あっ、あっ」

「でも、シルフィードさまのオ◯ンコ、気持ちよすぎて」

いかにも初めて女体に溺れる童貞少年らしい余裕のない演技で、ヴラットヴェインは目の前で躍る二つの双丘を揉みしだき、むしゃぶりつきながら腰のほうは高速で出し入れさせた。

「あっ、あっ、あっ、あっ、パーン、パーン、パーン」

野獣に犯された聖女もまた野獣に堕ち、両手両足で愛しい少年を必死に抱きしめる。

「シルフィードさま、もうでる」

「ああ、ダメ、中に出すのはダメ、ああ、ダメって言っているのに、あああ──ん♪」

ドビュドビュドビュ！

獣のような荒々しい突貫に続き、大量の精液を注ぎ込まれたシルフィードは、大口を開けて惚ける。

「はぁ……、はぁ……、はぁ……もう、パーンったらいけない子」

「ごめんなさい」

シュンとうなだれる少年を慰めるように、シルフィードは悪戯っぽく片目を閉じた。

「今度はわたくしが上になりますね」

「シルフィードさまっ⁉」

「一度やってしまったら、あとは何回やっても同じよ」

そう嘯いたシルフィードは結合を解かないように注意しながら、ヴラットヴェインを仰向けにして、自らは腰の上に跨がった。

「では、いきますよ」

騎乗位となったシルフィードは、大きな尻をリズミカルに上下させる。

「あっ、あっ、あっ、パーンのおちんちん、すごいわ。すごく気持ちいい。これが禁断の果実というものなのですね。ああ、気持ちよすぎるわ」

巨大な乳房をプルンプルンと揺らしながらシルフィードは、夢中になって腰を使っている。

(うわ、これは処女膜とって、本当に一皮剥けたってことだな)

三十路にして初めて男を知った女は、腰が止められないらしい。少年に跨がって、踊るように腰を使い始めた。

まさに淫ら腰だ。

「あっ、すごい、本当にすごいわ。パーンのおちんちん、硬くて大きくて、ああ、やめられない。やめられないの♪」

「シルフィードさま、もうダメ」

「いいわ、わたくしの中に出しなさい。すべてわたくしが受け止めてあげます」

ドビュドビュドビュ
搾り取られるようにヴラットヴェインは射精したが、シルフィードの荒腰は止まらない。

「あはは、また出したのね。はぁ、はぁ、はぁ……わたくしの中はもう、あなたの精液でいっぱいよ。もし妊娠したらどうするの？　アンジェリカに顔向けできないわ」

「すいません」

「うんん、大丈夫よ。魔法で避妊すればいいだけなのですから。好きなだけわたくしの中に射精しなさい。あはは、射精してもぜんぜん小さくならないのね。男は射精したら小さくなると聞いていたのに、まったくパーンったら、そんなにわたくしのオ〇ンコが気に入ったのですか。仕方ありませんね」

恍惚とした表情で舌なめずりをしたシルフィードは、ヴラットヴェインに覆いかぶさるようにして四つ足をついた。

まるで女郎蜘蛛が獲物を捕らえられたかのような体勢だ。

「えっ⁉」

さすがに戦慄したヴラットヴェインに、シルフィードは妖艶に笑う。

「もっともっと、わたくしの中で射精しなさい。最後の一滴までわたくしの中に出すのです」

宣言と同時にシルフィードは腰を使いだした。

パン！　パン！　パン！　パン！　パン！

いわゆる釘打ちピストンと呼ばれる荒腰だ。

「ああ、パーン、かわいいわ、わたくしのパーン、本当にかわいい」

感極まったシルフィードは覆いかぶさり、眼下の少年の唇を奪った。

「ン――――!!!」

ドビュドビュドビュドビュ……

※

（いやはや、すごかった。まさかいきなりこんな痴女ができあがるとは……。よっぽど溜まっていたんだなぁ）

ぞんぶんに男を貪り食ったシルフィードは、事が終わっても逸物を抜こうとせず、大きな乳房の中にヴラットヴェインの顔を抱いたまま休んでいる。

ヴラットヴェインは乳房に顔を埋めたまま口を開いた。

「いや〜、聖女さま欲求不満すぎ。それにショタ食い願望があったんだね」

思いもかけない嘲笑にシルフィードは驚く。

「パーン、なにを言っているのです……？」

戸惑ったシルフィードが見つめた先で、純朴だった少年の顔が、小生意気な少年のものへと変わっていく。

「え⁉　き、貴様は……ヴ、ヴラットヴェインっ⁉」

「こんにちは」

驚いたシルフィードは、反射的に逃げようとしたが膣内に、肉杭を打ち付けられた状態だったゆえに失敗した。

ヴラットヴェインは、その小さな体からは信じられぬ力で、シルフィードを仰向けに押さえつける。

「人を呪わば穴二つ。人を殺していいのは殺される覚悟がある者だけだってよく言うでしょ」

「わたくしを殺すというのですか？」

いまさらながら罠にハマったのだと自覚したシルフィードは頬を強張らせる。

「まさか、ぼくは美人を殺さないことを信条としているんだ。その代わり思いっきり恥ずかしい目には遭ってもらうけどね」

そう嘯いたヴラットヴェインは、寝台を覆っていた天蓋をめくる。

そこには椅子があり、猿轡をつけられた少年が縛り付けられていた。

「えっ⁉ パーン」

シルフィードは驚愕の表情で硬直する。膣孔もキュッと締まって、肉棒を握りしめる。

哀れ捕らわれの少年は、大きく見開かれた目から涙をあふれさせ、ズボンは失禁したかのように濡れていた。

「これはこれは、童貞少年には刺激が強すぎたかな。憧れの大司教さまの痴態を見ているだけで暴発させてしまったか」

「ああ、パーン。これは、これは違うのです。わたくしは欺かれただけで……」

憎からず思っていた少年のまえで、別の男とやってしまったのだ。それも猿も恥じらうほどの性欲をむき出しに、自ら腰を振りまくり、貪った。

まさに穴があったら入りたいという心境であろう。涙腺を崩壊させて、頬を濡らしたシルフィードは、イヤイヤと首を左右に振るう。

「さて、聖女さま、キミの大好きなパーンくんに、キミの綺麗な痴態をもっと見せてあげよう」

「や、やめて。パーンの、まえで、そんな」

シルフィードは必死に抵抗したが、所詮はか弱い女。相手は少年の外見をしていても中身は怪人だ。

いわゆる種付けプレスの体勢で、パーン少年にお尻を向けながら犯されることになった。逸物を突き入れられ、かきだされるたびに膣から白濁液が溢れただけでなく、肛門からもブヒブヒと白濁液を溢れさせてしまった。

「ま、待ちなさい。パーンの見ているまえで、ああ、もうイきたくないのに！　また、また、イってしまう、ああ、ダメ、もうダメ、イってしまう。ああ、パーン、見てはいけません！　ああ♪」

ビクンビクンビクン
女として開花した体は、本人の意思とは関係なく、実にあっけなく絶頂してしまう。

「さすが淫乱聖女さま、もう止まらないね」

嘲弄の笑みを浮かべながらヴラットヴェインは、愧死状態のシルフィードをうつ伏せにして、両腕を後ろに引っ張る。

その体勢で、背後から腰を叩きこむ。

「あっ、あっ、あっ」

一突きごとに、大きな乳房がプルンプルンと揺れる。

さらに犬が小便をするかのように右足を豪快に上げさせた。

「ほら、キミの大好きなパーンくんが、キミの痴態をガン見しているよ」

「くっ、わたくしがこのようなことで、く、屈すると思ったら大間違いです。ここは仙樹教の総本山ですよ。このようなところに入り込んで、生きて出られると思っているのです、か。わたくしをこのように辱め、ただで済むとは思っていないでしょうね。必ずや焼けた砂漠を裸足で歩かせて差し上げますわ。ああん、それから生きたまま内臓を鳥の餌にしてあげます。わたくしを侮辱したこと、許しません」

快感に悶えながらも、シルフィードが必死に虚勢を張った時だ。

部屋の扉が激しくノックされた。

ドン！　ドン！　ドン！　ドン！

「大司教猊下！」

それは枢機卿の声であった。

シルフィードはとっさに助けを呼ぶべきか、どうか悩んだらしい。

宿敵を捕らえるためのチャンスであると同時に、自分の痴態をさらす危機である。

「呼んでいるよ」

耳元でヴラットヴェインに促されて、シルフィードは躊躇いながらも口を開く。

「な、何事ですか？」

「たったいま急報が入りました。ラージングラードにて、山麓朝と雲山朝の戦端が開かれたとのことです。そして、エダード殿下が討ち死にされたとか」

「なっ⁉」

さすがのシルフィードも絶句してしまった。膣孔をかつてないほどに緩めてしまった聖女さまの耳元で、邪悪なる魔術師は囁く。

「あらあら、それは一大事」

「まさか貴様が⁉」

激憤にかられたシルフィードは目を剥いて、眼前の宿敵を睨む。

彼女の生涯で、これほどまでに殺意と憎悪をあらわにしたのは初めてであり、おそらく最後であろう。

膣洞も先ほどまでの反動か、ギッチギチに締まり、肉棒から絞め殺そうとしているかのようだ。

「濡れ衣だよ」

よく締まる膣孔を楽しみながら、ヴラットヴェインは肩を竦める。

扉越しから枢機卿の説明は続いた。

「どうやら、エダード王子が猊下の和平案を利用して、油断している雲山朝軍に奇襲をしかけたよしにございます。そこを待ち構えていたダイスト将軍が返り討ちにしたとのこと」

「あはは、どうやら、敵も味方も、キミの和平案をまったく信用していなかったみたいだね。いずれにせよ、これでキミの画策は完全に吹っ飛んだね。やることはなくなっただろうから、セックスでも楽しもうよ」

呆然としている女の乳房を揉みながら、ヴラットヴェインはリズミカルに腰を動かす。

がっくりと肩を落としていたシルフィードであったが、やがて反応しだした。

「あ、あはは、そこ気持ちいい、気持ちいいのです。おちんぽもっとください。おちんぽさまにズコズコされるの気持ちいい♪　わたくし、こんな気持ちいいもの、なんで我慢していたのかしら？」

すべての夢が破れた女は、愛しい少年に見られていることを自覚していながら、官能に蕩けてしまった。膣洞も肉棒に絡みつくように蠢動を繰り返す。

どうやら、彼女の中でなにかが壊れたようだ。

それと察したヴラットヴェインは、肛門に指を入れてやる。

「大司教さまはアナルマニアなんだよね。おちんぽ食いながらアナルを弄られるのはどんな気分かな？」

「あ、アナルとオ◯ンコを同時に責められるだなんて、ああ、こんなの気持ちよすぎる。頭が、頭が真っ白で、ああ、これが天国♪」

「あはは、すごい、イキっぱなしだ」

キュンキュンと収縮を繰り返す膣洞に、ヴラットヴェインは感嘆する。

「キミは本当にアナルが好きだね。それじゃ、そろそろ最後ということで、キミの大好きなアナルでシメようか」

シルフィードを身も世もなくぞんぶんにイかせたヴラットヴェインは、最後のトドメに再びアナルに逸物を入れてやった。

そして、女上位の背面座位となって左右の足首を持ち、長い脚を頭上に高くかかげさせてUの字に固定した。

「ああ、こんな、恰好……」

椅子に縛り付けられているパーンの視界には、クパァッと開いてしまっている膣孔から、大量の白濁液が溢れ出している光景がよく見えたことだろう。

「ほら、キミの敬愛する大司教さまは、おちんぽ大好きな牝犬なんだ」

ヴラットヴェインの逸物がシルフィードの肛門を突き上げるたびに、膣孔からは大量の泡立つ白濁液が溢れた。

「シルフィード、おちんちんは気持ちいいかい？」

「はい気持ちいいです。おちんぽ、気持ちいい、気持ちいいの、おちんぽ大好き」

辛すぎる現実からシルフィードは、快楽に逃避している。

「さぁ、キミの大好きなパーン少年に懺悔するといい、自分がいかにおちんちん大好きな牝豚であったかを」

「ああ、パーン、許して。わたくしはあなたの童貞を狙っていた淫乱痴女でございました。ごめんなさい。わたくし、あなたを見るたびにおちんちんを食べたいと考える、変態女でした。でも、本当はあなたのおちんちんでなくてもよかったのかも。ただただおちんちんが食べたかったの」

自らを辱める告白をしたことで、一段と深い酩酊に落ちたようだ。

ガクガクと体が震えている。

それを見つめるパーンは、涙ながらに首を左右に振ることしかできない。

「では、いまのキミはなんだい？」

「ヴラットヴェインさまのおちんぽの奴隷です。ああ、おちんぽ気持ちいい。ヴラットヴェインさまのおちんぽさまでお腹の中をグリグリされると、ああ、また中で、ああイク──っ」

教敵と定めた男に直腸内で射精された淫乱聖女さまは、自分を慕ってくれていた童貞少年のまえで、潮を噴きながら絶頂してしまった。

プシュ──ッ！

熱い飛沫は、縛り上げられている少年の顔にまで浴びせられた。

第六章　穴の最奥

「いや～、みんな楽しんでくれているみたいでよかった」

ヴラットヴェインの幻影は、にこやかに笑う。

邪悪なる魔術師の籠もるダンジョンを攻略するため、仙樹教の大司教シルフィードが派遣したラルフィント王国屈指の精鋭三人は決死の形相で歩を進めていた。

彼女たちの姿を見たら、入洞を見送った人々は驚くだろう。

雲山朝の英雄ダイストの孫娘にして、魔法学校の才媛として知られたグリンダが、山麓朝の女騎士として若手ナンバーワンとして知られたガーベリヌが、仙樹教の暗部を担う恐怖の執行官アンジェリカが、乳房丸出しのノーパン姿で歩いているのだ。

衣服が完全になくなっているわけではなく、手甲や靴といった部分は健在で、女として隠しておきたい胸や局部といった部分だけ露出しているあたりが、元の姿を想像させてより悲壮感を漂わせている。

「ふざけやがって。処女を奪われた程度で、女がどうかなると思うのは大間違いだ」

アンジェリカは激情のままに鉤爪を振るったが、影を斬ったようなものだ。まるで手ごたえがない。

見かねたガーベリヌがたしなめる。

「無駄な労力を使うな。所詮は幻だ」

「そうですわ。とにかく、最深部にまでたどり着けさえすれば、わたくしたちの勝利ですわ。それまでせいぜい楽しませていただきましょう」

ダンジョン内の恥辱体験を、グレンダは満喫しているようだ。

「キミは相変わらずだね。それに比べてガーベリヌちゃんと、アンジェリカちゃんはつれないなぁ。ぼくたちはもう他人じゃないんだし、もう少し打ち解けていいと思うよ」

心ならずも処女を奪われ、体の歓びを教えられてしまった二人の女は、よほどぶちのめしてやりたいという激情にかられたようだが、もはや何度も徒労なことをしているので、黙々と足を進めた。

「わたくしは師父のことがますます好きになっていますわよ」

グレンダは投げキスをしてから歩きだし、それを受けたヴラットヴェインの幻は肩を竦める。

やがて、一行は広いドーム状の部屋に行き当たった。

その前方に巨大な石像が佇立している。

身の丈は人間の倍。体重に至っては十倍を超えることだろう。手には大剣というのもばかばかしい段平を持っている。

ただの置物でないことは、通路の真ん中に立ち塞がっていたことでわかった。

「な、まさかゴーレム……だというのか」

目を剥いたアンジェリカが恐る恐る確認した。

「よくわかったね。正解だよ」

ヴラットヴェインが軽く合図を送ると、石像はやおら動き出し、人の身の丈もありそうな大剣をぶん回した。

人間の胴など簡単に両断しそうだ。いや、人間などまとめて五、六人は薙ぎ払いそうな勢いである。

そのデモンストレーションを見せつけられた一行は、呆然と立ち尽くす。

顎に滴る汗を、アンジェリカは右手の甲で拭う。

「馬鹿な。こんな魔法があるなど聞いたことがないぞ」

魔法で動く人形。物語ではよくあるギミックだ。しかし、あくまでもお伽噺など空想世界での定番だとだれもが思っていた。

それを目の当たりにしたのである。

彼女たちの常識では、完全にオーバーテクノロジーである。

「ああ、こんなものが現存するなら、戦の在り方が変わる」

ガーベリヌも生唾を飲んだ。

人間ではなく、石の人形を先陣として突っ込ませれば、弾除けになるし、城攻め方法もまったく別物になるだろう。

「そう簡単なものでもないんだけどね。この質量のものを動かすのは大変なんだよ」

ヴラットヴェインの謙遜など右から左に聞き流して、一人歓喜の声をあげたグリンダは両手を握りしめて、尻をクネクネと動かす。

「すごいですわ。物語には聞いたことがありましたけど、まさか現実に出会うだなんて。これも師父が作りましたの？」

「まぁね。片手間に作った魔法道具だけど、実戦テストといったところだな。まぁ、戦ってみてよ」

ヴラットヴェインは気楽に促す。

ガーベリヌは大剣を構えて決然と宣言する。

「これを倒さなくては、進めないというわけか。ならば叩き斬るまで」

「まさか今度も一人で戦うなんて、寝言は言いませんわよね」

グリンダの懐疑を込めた視線を受けて、ガーベリヌは首を横にふるう。

「ああ、残念だが、わたし一人では勝てる気がしない。お二人にもぜひお力添え願いたい」

鉤爪を構えたアンジェリカは、勇ましく受けた。

「ようやく素直になったな。では、三人の力を合わせて試練を突破するとしよう」

洞窟に入った当初は、互いのプライドが邪魔をして協力のできなかった三人であるが、コテンパンにプライドを砕かれたことで協力できるようになったようだ。

年長者の威厳か、アンジェリカが素早く作戦を指示する。

「この手のデカブツは動きが遅いというのがお約束だ。あたしが囮となって引き付ける。ガーベリヌ、アシストを頼む。その間にグリンダ、おまえの魔法でぶっ飛ばせ」

「承知した」

ガーベリヌは短く答える。

「うふふ、師父にアピールするために、とっておきの魔法をお見舞いしてやりますわ」

グリンダは嫣然とほほ笑む。

「では、いくぞ」

そう言ってアンジェリカは、先頭を切って飛び出した。

「……」

石人形はごく無造作に大剣を振るった。

ブン！

空気を巻いて襲い来る大剣を、戦う僧侶はのけ反って躱す。

風圧を受けて、むき出しの形のいい乳房は揺れた。

動きが遅いといっても、図体が大きいのだ。人間の身の丈もあるような大剣が振り回されれば、先端の速度は相当なものになっている。

かろうじて避けられたからいいものの、当たれば一撃必殺だ。アンジェリカのような細身の体、簡単に真っ二つになることだろう。

逆にアンジェリカの獲物、鉤爪や峨嵋刺では、石の表面に傷ひとつ付けられない。受けてもダメだ。鉄の棒など、爪楊枝と変わらない勢いで両断されることだろう。

それと自覚しているアンジェリカはひたすらに避けることに徹した。

石の段平をかいくぐり、飛び越える。空中に舞うさまは、華麗といっていい。乳房が丸出しなこともあって、妖艶な光景である。

「いや～、さすがは仙樹教の執行官、強いんだね」

ヴラットヴェインも感嘆してしまう身体能力だ。

「せあっ！」

掛け声も勇ましく、ガーベリヌはゴーレムの右手の肘部分を狙って大剣を振り下ろした。

ガツン！

「ぐっ」

ガーベリヌは、顔をしかめて飛びのいた。

おそらく手が痺れたのだろう。

しかし、ゴーレムがガーベリヌに気を取られた隙をアンジェリカは見逃さなかった。

すかさずゴーレムの背中に飛び乗ると、肩口にあった石と石の狭間に、峨嵋刺を突き刺す。細い鉄棒は曲がった。

「やはり、ダメか……」

予《あらかじ》め予想していた結果らしく、失望はしてもショックを受けている様子はない。

背中に乗った煩いハエを落とさんと、ゴーレムが体をひねった瞬間、その軸足をガーベリヌの大剣が払った。

グラ……ドコン！

地響きをあげながらゴーレムは尻もちをついた。その間にアンジェリカは華麗なバク転を決めて大地に飛び降りる。

「お見事」

「だが、ダメージを与えられているようには思えないな」

アンジェリカの賞賛に、大剣を油断なく構えながらガーベリヌは応じる。

「そうだな。どうやら、あたしたちでは攻撃手段がないらしい。残る希望はあいつか」

アンジェリカがチラリと、一歩離れた位置にいる戦友を見る。

グリンダは左手を翳し、五指を開閉する気取ったポーズで詠唱していた。

「闇の奥底に沈む大蛇。蟲毒の勝者よ。餌は目の前ぞ。その空かした腹を満たせ」

狭い室内に、黒い茨が渦巻いた。

「おや、爆発魔法ではないとは考えましたね」

グリンダが唱えている魔法がなにであるのか察したヴラットヴェインが、感心した顔になる。

「あなたたち、退きなさい。巻き込まれますわよ」

グリンダの注意喚起を受けて、囮役を務めていたアンジェリカとガーベリヌは慌ててゴーレムから間合いを取った。

次の瞬間、部屋の周囲を黒い稲妻が渦巻いた。

「ダークローズウィップ！」

闇の茨が、ゴーレムを襲い、その四肢を縛った。

ギチギチギチ……

石の肌の表面にヒビが入った。

物凄い力で締め上げていることが傍目にもわかる。

「ひゅ～、口だけじゃなかったようね。自称、天才魔法少女」

自分では傷ひとつつけられなかった敵に、傷をつける光景を見たのだ。アンジェリカは口笛を吹いて感嘆してみせた。

グリンダはそのまま一気に締め潰そうとしていたようだ。しかし、ゴーレムの力も強い。

「くっ、ダメか」

魔法の拘束が弾ける。

必殺の魔法が決定打とはなりえなかったと知ったグリンダは、痛恨の呻きを漏らす。

「いや、十分だ」

大剣を持ったガーベリヌが再び間合いを詰めた。大上段から豪快に振り下ろす。

「もらった！」

渾身の一撃は、グリンダの魔法によって作られたゴーレムの表層の亀裂に吸い込まれた。

バキン！

ゴーレムの装甲が砕けた。巨大な魔法宝珠が露出する。

「これが核か！」

すかさずアンジェリカが峨嵋刺を投じる。

カキン！

細い鉄棒をぶつけられた魔法宝珠が、粉々に砕け散った。

結果、動く石人形は壊れた石人形となる。

それと確認した三人の女戦士は歓喜を爆発させた。

「やった！」

「やりましたわ」

「見事だ」

力を合わせての勝利に、テンションの上がったグリンダ、アンジェリカ、ガーベリヌは抱き合って喜んだ。

少なくとも、洞窟に入った直後では考えられぬ光景だ。

「うんうん、友情は美しいね。美人なお姉ちゃんたちがおっぱいを揺らしながら戦い、勝利するさまは、まさに眼福だ」

ヴラットヴェインは目を細めて、頷いている。

「ちっ」

自分の手駒が潰されたというのに、まったく意に介していないヴラットヴェインの様子に、アンジェリカは顔をしかめる。

ガーベリヌは黙々と大剣を背負いなおしてから、仲間に促す。

「次に行くぞ。そろそろ、ゴールは近いだろう」

「そうだな。あの余裕ぶった顔を恐怖にゆがめてやる」

アンジェリカは同意し、グリンダも頷いた。

「この調子でいきましょう。師父にわたくしの力を認めさせてみせますわ」

これまで負けたのは、三人がバラバラだったからだ。三人で協力すれば勝てる。そういう自信が芽生えたのだろう。

このまま最深部まで一気に行こう、と意気上がる三人娘をヴラットヴェインは呼び止める。

「いや、待って、待って。ゴーレムが一体だけとは言っていないよ」

「なっ⁉」

ヴラットヴェインの言葉に、三人の美女は絶句する。

そして、彼女たちのまえに三つの巨大な影が立つ。

「ま、まさか……」

新たに現れた三体のゴーレムをまえに、女たちの顔は絶望の色を隠し切れなかった。

三人がかりでやっと倒せた強敵が、さらに三体である。しかもグリンダたちはすでに全力を出し切ったあとだ。

そこからの展開は一方的であった。逃げることも叶わず蹂躙される。

気づいたときには、三人ともゴーレムによって両手足を拘束されて、V字開脚にされてしまった。俗にいう肉鎧といわれる体勢だ。

三人とも既に胸元と股間は丸出しの服装になっている。それなのにこの恥ずかし固めだ。女としてもっとも秘しておきたい部分と、顔を同時に見られる屈辱姿勢に、顔を赤くして押し黙る。

「いや～、惜しかったねぇ～」

にこやかに語るヴラットヴェインの前方には、アンジェリカ、ガーベリヌ、グリンダの生乳と陰部が並ぶ。

「くっ……」

刀折れ矢尽きた女たちは、悔しそうな顔をしているがどうにもならない。

ガーベリヌが一番の巨乳。二番目がグリンダ。一番小さいのがアンジェリカという順番になるが、三人とも十分に平均より大きいだろう。

陰毛は、金毛で綺麗な逆三角形に整えられているのがアンジェリカ。つややかな銀毛を薄く楕円形に茂らせているのがグレンダ。漆黒の剛毛ジャングルがガーベリヌだ。

「こ、殺せ」

ガーベリヌの言葉に、ヴラットヴェインは肩を竦める。

「いい加減に学習してもらいたいな。ぼくは美人を殺さないことにしているの。ただ死ぬほど恥ずかしい目に遭ってもらうだけだよ」

「ぐぅ……」

屈辱に歯噛みする女たちの合計六つの乳房に向かって、ヴラットヴェインは両手を伸ばす。

プニプニプニ……

六つ並んだおっぱいを次々に握って感触を楽しむ。

いくら心は拒否していても、女体を知り尽くしている怪人の手にかかれば、どの女もたちまち乳首を勃起させてしまう。

「キミたちのおっぱいは何度触っても飽きないね。この楽しみがないと、刺客なんか相手にしていられないよ」

乳房を凌辱されて屈辱に震える女たちの中で、グリンダの反応だけは違った。

「ああん、師父がお望みでしたら、わたくしパイズリでもなんでもいたしますのに……」

グリンダの申し出に、ヴラットヴェインは肩を竦める。

「ぼくは綺麗な女の子は好きだけど、才能のない女の子を弟子にするほど暇ではないんだ」

「まったくいけずですわね。でも、なかなか堕ちないところが燃えますわ。必ず最深部にたどり着いて師父のおちんちんをしゃぶりつくしてみせますわ」

「まったくキミもぶれないね。とはいえ、いまのキミは、他の二人と同じ、ただのおっぱい人形だ」

ヴラットヴェインは合計六つの乳房を順番に揉みしだき、ゴーレムに女たちの体の高さを調整させて、勃起した乳首を順番に吸った。

いや、時として、二つの乳首を、三つの乳首を同時に口に含んで吸い上げる。

「そんな、おっぱい、おっぱいだけで、ああん」

抵抗しようにも、抵抗できない状態で一方的に乳房を蹂躙された女たちは、乳房だけでイかされてしまった。

三人の美女たちを乳房だけで絶頂させたヴラットヴェインは、いったん離れた。

肉鎧状態の女たちの、むき出しの陰唇からは透明な液体が滴っている。

「いや、キミたちはほんとぼくの好みだな。美人なうえに感度がいい」

「こ、このスケベ爺」

乳首だけで絶頂させられてしまった照れ隠しもあるのだろう。アンジェリカは蔑みの眼差しで吐き捨てる。

「まぁまぁ、ぼくほど寛大な敵というのはそういないんじゃないかな？　命を狙われているのに、エッチするだけで解放してあげるんだから。それもとっても気持ちいい体験をさせてあげてさ」

「言ってなさい。ああん」

たしかに殺されるよりはマシなのだろうが、性的な陵辱は女としての尊厳を確実に削ぐ。いくら気丈に振舞おうと、精神的なダメージはでかい。

ヴラットヴェインの手が今度は、女たちの陰唇に伸びた。

いずれの陰唇も、タラタラと愛液を垂れ流している。

その三つ並んだ淫花をヴラットヴェインは、押し広げる。

「三つとも、濡れ輝く綺麗な花だ」

女にとって生殖器は、たとえ好きな男に対してさえ見せるのは躊躇われる場所だ。そこを敵に見られただけでも屈辱なのに、他の女たちと見比べられるのだ。これほどの屈辱はそうない。

ヴラットヴェインは、三つの小陰唇を順番に摘まんで左右に開く。

グリンダの媚粘膜は健康的なピンク色。アンジェリカの媚粘膜は鮮紅色。ガーベリヌは灰色がかっている。

ヴラットヴェインは三つの淫花を指で撫でまわし、さらにクリトリスの包皮を剥いた。

三つ並んだむき出しのクリトリスを、まるで楽器の演奏でもするように指で弾く。

「ああ、ああ、ああん」

洞窟内に女たちの淫らな三重奏が響き渡った。

長時間に渡る生陰核責めに、女たちは膣からは失禁したように愛蜜を滴らせ、開いた口唇からは喘ぎ声とともに涎を垂らす。

もはや観念したふうであった女たちの中で、たまらずガーベリヌが吐き捨てる。

「はぁ……はぁ……はぁ……や、やるなら、とっととやればいいだろう。二度も三度も同じだ」

「楽しみなのはわかるけど、そう焦らない焦らない。今日もこれからたっぷり楽しませてあげるよ」

ヴラットヴェインは執拗に指マンを繰り返した。

「ああん」

ヴラットヴェインは三つの膣孔に指を入れて、かき混ぜ、指を開いた。そして、広がった女の穴を覗く。

「ガーベリヌちゃんは相変わらずお堅いけど、オ◯ンコのほうはだいぶ柔らかくなったね。子宮口までばっちり見えるよ」

「ぐっ」

自分でも見たことのない器官を覗かれてガーベリヌは、含羞を噛みしめる。

ヴラットヴェインはさらに三人の女の膣孔を開いた。

「あはは、三人とももう処女膜は綺麗になくなったね。子宮口まで綺麗なもんだ」

恥辱に顔を赤くしている三人だが、その反応は三者三様だ。

アンジェリカは、ヴラットヴェインの顔を睨んでくる。ガーベリヌは視線を逸らして、嵐の通り過ぎるのを待とうとしているようだ。グリンダは恥辱体験に喜びを見出しているらしく、呼吸を荒くしている。

ヴラットヴェインはなにか魔法を使ったようで、三人の陰唇が開いた状態で固定された。

「それじゃ味比べといきますか？」

舌なめずりをしたヴラットヴェインは、強制的に開花させられた状態の三つの淫花の蜜へと交互に口づけをした。

「ははぁん」

ゴーレムに四肢を固定されて動けぬ女たちは、顎を上げ、白い喉をさらしながら嬌声を張り上げてしまった。

そんな三人の陰唇を悪戯しながら、ヴラットヴェインは順番に舐めた。

ピチャピチャピチャピチャ……

「ガーベリヌちゃんの愛液は水っぽくて飲みやすいね。アンジェリカちゃんの愛液はさらさらで舌ざわりがいい。グレンダちゃんの愛液は、濃厚だね」

自分の秘汁の味を、論評されて女たちは顔を真っ赤にする。

「ああん、こんなエロ爺に何度も何度も……くそ、ああん」

「女騎士が負けて陵辱されるのは当たり前、これを好機と考えて耐えるのみ、ああん」

「はぁ、さすがは師父～、女としての尊厳を削り落とす、こ、このような辱め、ああ、たまりませんわ～～～♪」

濃厚なクンニを受けて、三者三様に絶頂したところでようやくヴラットヴェインのねちっこいクンニは終わった。

「いや、甘露、甘露♪　美女の愛液ほどおいしいものはないね」

「エロ爺が……。やるならとっととやれ。あたしたちは一刻も早くダンジョンを攻略して貴様を殺さねばならないんだ」

多くの背信者を震え上がらせた執行官に睨まれて、ヴラットヴェインは苦笑する。

「アンジェリカちゃんはまったくツンデレだな。おちんちんが早く欲しいなら欲しいと素直におねだりすればいいのに」

「だれが！」

激怒するアンジェリカのまえで、ヴラットヴェインはローブの中から逸物を取り出す。

「……ごくり」

すでに男の味を知っている。いや、教え込まされた女たちは、興味がないふりをしつつも生唾を飲んでしまった。

「さて、どの娘から犯してあげようかな？　とはいえ、人間の手は二本しかないし、おちんちんも一本しかない。同時に三人を楽しませるのはどうしても無理だよね。少し変わったプレイを楽しませてもらおうか」

そう嘯いたヴラットヴェインはふわりと舞い上がった。

まるで重力がないかのように空中を散歩したヴラットヴェインは、いきり立つ逸物を拘束されている女たちの眼前で誇示したあと、仰向けになった。

そして、ゴーレムに捕らえられた女たちが周りに配される。

いずれの腰も物欲しそうに淫らに動いていた。すでに男に犯される喜びを知ってしまっている女の反応だ。

「な、なにをするつもりだ？」

頬を紅潮させながらもアンジェリカは困惑顔で呟く。

「それじゃ、ゴーレムたち、任せた」

ヴラットヴェインが合図を送ると、ゴーレムは肉鎧にしていた女たちをヴラットヴェインの下へと運んできた。

ズボリ！

いきり立つ逸物に、女の股間が下ろされる。

「あん」

ヴラットヴェインは動かずに、ゴーレムに捕らえられた三人の女が交互に、逸物に下ろされて体を上下させられる。

「あん、あん、あん」

三人の女たちは、自分の意思とかかわりなく、男の上で体を上下させている形だ。

「おぉ～、これは楽でいいなぁ。ゴーレムたちは戦闘マシーンとしてはいまいちだったけど、セックスマシーンとしては実に優秀だ」

ヴラットヴェインは一切動かないのに、ゴーレムに拘束された三人の女たちが順番に、逸物の上に乗ってくるのだ。

「くっ、変態魔術師め！　あ、あん、あん、あん」

　アンジェリカは軽蔑の眼差しで、ヴラットヴェインを見ているが、次第に肉体の反射に負けて溶けていく。

「か、かまわん。ああん、戦場で負けて犯されるのは、あぁ……女騎士の定めだ」

「ガーベリヌちゃんは潔いね」

「くっ、色に溺れた男の隙を突くのも、ああん、また女騎士の戦い方だ」

　喘ぎつつも必死に自己弁護している女騎士に、邪悪なる魔術師は苦笑する。

「そういうことを口にしちゃうあたりが、ガーベリヌさんのまだまだ青いところだね」

「ぐっ」

　屈辱に耐える女たちがいる一方で、グリンダは思いっきりエンジョイしている。

「ああん、こんな石人形を使わなくとも、あたくしはいくらでも師父のためにご奉仕しますのに……」

　ヴラットヴェインの上に三つの蜜壺が交互に降りてくる。

　自らの意思とはかかわりない腰振りに堪えかねて、女たちは強制的な絶頂を繰り返した。

「ああん、もうダメですわ、こんなにイかされては、ああん、おかしくなってしまいます」

　機械的な腰振り作業によって身も世もなく絶頂を繰り返した女たちの膣内に向かって、ヴラットヴェインはたっぷりと射精した。

「はぁ～、気持ちよかった」

大地に降りたヴラットヴェインは満足の吐息をつきながら、身支度を整える。

「はぁ……、はぁ……、はぁ……」

自分の意思とは関係なく、腰を使い、絶頂を繰り返してしまった女たちは、ゴーレムの肉鎧にされたまま惚けていた。

いずれの顔も、だらしなく弛緩してしまっており、膣孔からもダラダラと白濁液を滴らせている。

「今回はこれで解放してあげるけど、最後にサービスだ。オ○ンコを洗ってあげよう」

ヴラットヴェインが指を鳴らした次の瞬間、地面から温泉でも噴き出すように、三本の湯柱が上がった。

それが狙いたがわず、三人の女たちの膣内射精された直後の膣孔に直撃する。

「ひぃぃぃ!!!」

お湯の柱は膣孔に入り込み、子宮口まで打ち据えたのだ。

「こ、こんな快感があったなんて、ああ、ああ、あああ、ああああ……」

「ひぃぃぃ、こんな快感に屈してはシルフィードさまにあわせる顔がぁぁぁ」

「ああん、せっかくの師父の子種が流れてしまいますわぁぁぁ」

女がもっとも気持ちいいのは、膣孔に入った肉棒の中を、液体が脈打ちながら駆け抜けて、それが子宮口に向かって浴びせられたときだ。

それを強制的に、それも終わりなく行われたのである。

ゴーレムの肉鎧にされてしまっている女たちは、終わりなき絶頂体験に狂った。

※

「ねぇ、キミたち、そろそろぼく勝てないってことは身に染みたでしょ？　帰ったらどうだい」

膣内射精につぐ、強制的な膣内清掃を受けた女たちは、ゴーレムから解放されても、しばし床に倒れて惚けていた。

ヴラットヴェインの呼びかけには答えず、ガーベリヌはよろよろと立ち上がる。

「そろそろ、いくぞ」

いたって冷静なガーベリヌの声に、こちらも平静なアンジェリカが応じる。

「ええ、こんなことぐらいで、挫けると思ったら大間違いだ」

「必ず最深部に達してみせますわ。そして、なにがなんでも師父の肉奴隷になってやるんですの」

目的を間違ったようなことを口走りながらグリンダも、立ち上がった。

乳房と陰阜を丸出しにしながらも気合いを入れ直した三人は、呆れ顔のヴラットヴェインに目もくれずに歩を進める。

「仕方ないなぁ。まぁ、ぼくはフェミニストだからね。もっともっと楽しみたいというのなら、精いっぱいサービスさせてもらうよ」

　そして、誇り高き女たちの、恥辱に満ちたダンジョン探索は続いた。

　あるときは、落とし穴に下半身だけハマった。

「あ、こら、まて、卑怯だぞ、ダメ、イク、イク、イク、イク」

　床の下から、秘部を一方的に弄り回されたのだ。

　あるときは、池を泳いで通ることになる。

「こ、この魚たちは、なぜ、ああん、そこはダメぇぇぇ」

　魚に乳首や陰核といった女の急所を突っつきまくられた。

「ちょ、ちょっと、なにをしているの⁉　や、やめて、そこに物を詰めないでぇ……」

　まんぐり返しで固定され、膣孔に草花を活けられる。いわゆる肉花瓶として鑑賞された。

「しまった。また落とし穴か」

　滑り台を大股開きで滑り落ちたとき、下でヴラットヴェインは逸物を構えて待っており、高速で結合した。

「これはスライム。ちょ、ちょっと、このスライム、ああ、ダメ」

　スライムによって全身をまさぐられた結果。陰毛が毛根のあとすら残らず、溶かされてしまった。

　トイレに案内されれば、お尻を洗うと称して、下から高圧力の水が噴き出す等々、とに

せられるだけだ。

ドというところなのだろうが、このダンジョンでは死ぬことはない。ただ死ぬほど絶頂さ

かく、さまざまな罠にハマった。普通のダンジョンであれば、それで命を奪われてジエン

※

「はぁ……、はぁ……、はぁ……、淫乱魔術師め、ふざけた真似ばかりしやがって」

アンジェリカの呟きにガーベリヌが応える。

「必ず倒す」

「ああん、こんなにオ○ンコばかり責められては、緩くなってしまいそうで心配ですわ」

何度も陵辱され、女としての矜持《きょうじ》を完全に奪われた彼女たちを突き動かしているのは、使命感のみだ。

進むべき道はわかっている。なぜなら丁寧なことに、進行方向に向かってロープが張られていたのだ。

彼女たちは、そのロープに沿って歩いている。ただ、そのロープは女たちの腰の高さであり、股の間に挟んだ状態になっていた。

一歩進むごとに、ロープは絶妙な刺激となって女たちの秘部をこする。いや、こすりつけずにはいられない。

オナニーと同じように自分で調整しているのだから、痛くはない。ただ屈辱的な絶頂を

繰り返す。

「次はどんな卑劣な罠が待っているのか……はぁ、はぁ……。わたしは快感になど屈することはない」

ガーベリヌは勇ましく宣言するが、その乳首は立ちっぱなし、跨いだロープにクリトリスをこすりつけながら歩いてしまっている。

ロープをわざわざ跨いで、秘部にこすりつけながら歩く必要などまったくないのに、それをやめられない。

このダンジョンに入ってからというもの、負けっぱなしの彼女たちは視野が狭窄してしまっている。その上、快楽に肉体が馴染んでしまっているのだ。

ロープにハチミツのような愛液を塗り付けながら、三人の美女は必死に歩を進めた。

「いや～、キミたち頑張ったね」

「これくらいどうということはないわひぃぃぃぃぃぃぃぃ！」

アンジェリカの負け惜しみが終わるまえに、彼女たちの股の間に通っていたロープが高速で引っ張られた。

女たちの肉溝を、ロープが摩擦する。

普通であれば、女の大事な箇所に火傷《やけど》しかねない危険な行為であったが、そこは魔術的な手心が加えられたのだろう。ただ秘部を擦られる快感だけが、女たちの身を襲った。

いや、心とは裏腹に、肉体は快楽を求めて、自らこすりつけてしまった。

「いあああああああああぁぁぁぁ」

すっかり快楽に溺れてしまっている三人の女は失禁しながら絶頂し、ロープという支えを失い崩れ落ちる。

「う～ん、キミたちはいい女に育ってきたね。女は男にやられて、深い絶頂を知れば知るほどに色気がマシ、いい女になるというのは、俗説だけど真理なんだろうね」

ヴラットヴェインの感想に、三人の女はまともに答えられなかった。

「はぁ……、はぁ……、はぁ……」

「キミたちにいい知らせだ」

絶頂の余韻で股間を押さえて動けない三人娘に、ヴラットヴェインはにこやかに告げる。

「ゴールだよ」

「え？」

戸惑い顔を上げる女たちのまえで、ヴラットヴェインの幻影は気軽に後ろを指し示す。

「この扉の向こうに、生身のぼくがいる」

そこには大きな扉がある。しかもご丁寧に看板が飾られており、

「ダンジョンマスターの部屋」

と大書されていた。

「どこまでもコケにしてくれて」

アンジェリカの頬がヒクヒクと痙攣する。

ガーベリヌは静かに質問する。

「この扉の向こうに、貴様がいるんだな」

「うん。キミたちはぼくのダンジョンを制覇したんだ。あとはぼくを倒すだけでキミたちの目的は達せられる」

「……」

終わりなき恥辱体験に翻弄《ほんろう》されていた三人の女は、まさかゴールにたどり着けると思っていなかったのだろう。呆然としている。

「では、ぼくは中で待っているよ」

そう言って忌々しい魔術師の幻覚は消えた。

あとに残ったアンジェリカ、ガーベリヌ、グリンダは互いの顔を見る。

ややあってガーベリヌが口を開いた。

「武器はあるか」

「当たり前よ」

アンジェリカは即座に応じる。

「あたくしも最後の魔法は用意してありますわ」

グリンダの返答に、アンジェリカは揶揄の声を出す。

「おまえはあいつの弟子になりたいのではないのか？」

「ここで殺される程度の男に、師事するつもりはありませんわよ」

グリンダの返答に、アンジェリカは頷く。

「よし、ならば我らの目的はまとまったな」

「ああ、この扉の向こうにいる悪の魔術師を退治する」

「シルフィードさまの理想実現のため、あの悪魔を倒す」

処女を失い、陰毛を失い、クリトリスの包皮の剥き癖をつけられ、屈辱的な絶頂を繰り返し、女としての尊厳を失い、幾多の艱難辛苦を乗り越えて、ようやく目的の地にたどり着いたのだ。

身は汚されてしまったが、心までは汚されていない。気持ちをひとつにした三人の戦乙女たちは、扉のまえに立った。

とはいえ、三人ともむき出しの乳房の先端が痛々しいまでに突起したままだ。陰毛のない肉裂からはとめどなく愛液が溢れている。

決意とは裏腹に、肉体のほうはもはや勝てるなどと露ほども思っていないのだ。

最後の決戦に敗れたとき、どんな快楽を教えられてしまうのかと、期待に胸が高鳴っている。すでに肉体が快楽堕ちしてしまっているのだ。

そのことに彼女たちの心は気づいていたが、プライドゆえに気づかないふりをした。

「初撃で決めるわよ」

「ああ、それしかないな」

グリンダの提案に、アンジェリカは賛同した。

肉体的にも精神的にも、長期戦はできない。

「では、いくぞ」

合図と同時にガーベリヌは、先陣を切って扉を蹴破った。

それに続いてアンジェリカ、グリンダが足を踏み入れる。

室内はいたって普通の部屋だ。

壁一面に大きな本棚があり、幾多の本が飾られているが、図書館というほどではない。

正面にソファーがあり、そこにヴラットヴェインが腰かけていた。

その股の間に、裸の女が身を入れている。おそらくフェラチオをしているのだろう。

侵入者たちの視界には、女の大きな尻が見える。物欲しそうにクネクネとうねり、濡れ輝く肛門から陰唇まで直視できる。

しかし、これまでのこの男の所業を考えれば、この程度のこと驚くには値しない。セックススレイブぐらい飼っていることだろう。

ゆえに無視した。

「ヴラットヴェイン！　さぁ、決着のときだ！」

ガーベリヌは大剣を構えて、アンジェリカは峨嵋刺を構えて、一気に駆けだした。

「地獄にいけ！」

「それぇぇぇっ！」

グリンダは杖を両手で握って、ありったけの魔法弾を連射する。

ソファーに腰かけていた少年は、ソファーから立ち上がろうともしなかった。

魔法弾は空中で爆散し、三人まとめて吹っ飛ばされる。

両手を広げて、磔刑にされる。

「くっ」

十字架にかけられ、三人の女には諦めの色がある。ここまでのダンジョン探索の間に、力の差は見せつけられていた。

こうなることはわかっていて最後の攻撃を仕掛けたのだ。

パチパチパチ
邪悪なる子供は、わざとらしく拍手をした。

「キミたちは本当に真面目だね。でも、もうキミたちは戦う必要はないんだよ」

「はぁ？　この期に及んで怖気づいたのか？　貴様になくとも我々にはある！」

アンジェリカの啖呵に、ヴラットヴェインは肩を竦める。

「キミたちはだれの命令で、ぼくの命を狙っているんだっけ？」

「言うまでもない。世界を救われる聖女、仙樹教の大司教シルフィードさまの命で世界の敵たる貴様を討伐に来た」

「では、彼女の口から撤回命令を出してもらおう」

ヴラットヴェインは、自分の股の間に入ってひたすらフェラチオをしていた女の頬を軽く叩いた。

「……ジュルリ」

逸物を吐き出して裸の女は立ち上がった。そして、振り返る。

そして、その顔を見て、三人は目を剥いた。

翡翠色の長髪、白い顔。大きな白い乳房、ピンク色の乳首、括れた腹部、そして、瓢箪のように左右に張った臀部。股間を彩る翡翠色の陰毛は逆巻いている。

三十路の熟れきった、いまが食べごろの絶世の美女だ。

「シルフィードさま⁉」

己が目で見ただれもが信じられず、瞬きをし、互いの顔を見る。

「どうしてここに？　いや、魔法による幻覚か？」

アンジェリカは、仲間内でもっとも魔法に長けた者の顔を見た。

「……いえ、本物、だと思いますわ」

グリンダらしくもなく自信なさげに応じる。

相手は希代の魔術師だ。グリンダを欺く魔法があっても不思議ではない。しかし、グリンダの目には魔法が使われているとは思えなかったのだ。

つまり、魔法による幻ではないとなると、そこにいるのは本物のシルフィードということになる。

そんなことがあり得るのだろうか。

ラルフィント王国雲山朝ギャンブレーの娘。若くして仙樹教に出家。その圧倒的なカリスマから、若くして仙樹教の最高位たる大司教に選ばれた女である。

ラルフィント王国雲山朝の領土だけではない。宿敵たる山麓朝、そして、世界中の人々から聖女と崇められる女性だ。

それがなぜ、このようなダンジョンの奥深くにいるのだろう。

まして、彼女が人類の敵と認定した男に奉仕するなど絶対にあり得ない。

「……」

混乱する女たちをまえに、裸身の絶世の美女は朗らかに続けた。

「アンジェリカ、ガーベリヌ、グリンダ。ご苦労さまでした。ヴラットヴェインさま討伐作戦は中止です」

「馬鹿な!」

アンジェリカは叫んだ。

「大司教猊下がそのようなことをおっしゃるはずがない。あの方の悲願は、ヴラットヴェインを倒し、二つに分かれた王朝を統一すること。そして、世界平和だ」

「アンジェリカ、もうよいのです」

シルフィードは押しとどめた。

「ヴラットヴェインさまを倒したところで、世界平和は訪れない。ラルフィント王国がひとつになるものではないと悟ったのです。そんなことよりも、女はたった一本のおちんちんで幸せになれる生き物なのです。わたくしはそのことを学びました」

夢見る乙女のように語るシルフィードの背後から、ヴラットヴェインは抱きしめて大きな乳房を鷲掴みにする。

「どだい、ぼくを討ったら両朝が仲良くなるなんて計画自体が無茶だったんだけどね。まったく、女は欲求不満だとろくなことを考えないからね」

ヴラットヴェインは背後から、いきり立つ逸物を押し込んだようだ。

「うほっ♪」

シルフィードの顔が、実に幸せそうに蕩ける。

ヴラットヴェインは、シルフィードの両手を取り、後ろに引く。

「欲求不満だから、そういう夢を見ちゃうんだよ。これからはぼくが定期的に夜這いに行ってあげるからね」

「あ、ありがとうございます。ヴラットヴェインさまのご来訪、楽しみにしております」

中腰となったシルフィードは、自ら大きな尻を突き出すとリズミカルに腰を振り出した。

「うお、さすがは仙樹教の大司教猊下。というよりも、ギャンブレーくんの娘といったところか。素晴らしい腰使いだ」

「ありがとうございます、あっ、あっ、あっ、あっ、ヴラットヴェインさまのおちんぽ、ちゅごい、気持ちよすぎるのです」

男に背後から犯されながら、自ら貪るように腰を振るうシルフィードの顔は、惚けきっている。

「女がおちんぽを楽しんでこそ世界は幸せに満ちる。これぞラブアンドピースだね」

「はい。ラブアンドピースでございます」

シルフィードのあまりといえば、あまりの変わりように、ガーベリヌ、アンジェリカは顎がはずれそうになる。

ややあってグリンダが感心した顔で口を開く。

「うわ、これが快楽堕ちというやつですのね。あのオ○ンコにカビが生えて腐臭のしそうな大司教猊下を堕とすだなんて、さすがはあたくしの見込んだ師父ですわ」

ピキッ!

グリンダの暴言を聞いて、さすがのシルフィードのコメカミも引きつる。

それにかまわず、グリンダは叫んだ。

「師父！　師父！　約束通り、最深部にたどり着きましたわ。約束通り、師父の弟子になることを許していただけますね」

「ああ、キミの執念の勝利だ。ぼくの弟子になることを許そう」

拘束していた魔法をほどかれたグリンダは大地に降りると、杖を投げ捨て、体にかろうじて張り付いていたドレスの破片を剥ぎ取り、素っ裸になると敵意のないことを示すように両手を上げてヴラットヴェインに駆け寄っていった。

「感謝いたしますわ。まずは弟子として、だれよりもご奉仕させていただきますわ」

グリンダは嬉々として、シルフィードを背後から犯しているヴラットヴェインに抱き着いた。

ヴラットヴェインの肩に自らの乳房を押し付け、左の太腿を足で挟んでクリトリスをこすりつけてきた。

そんな状況を黙然として見守っていたアンジェリカが、戸惑ったように口を開く。

「シルフィードさまは貴様の軍門に下り、仙樹教の真の支配者は貴様ということになるのか」

「ん？　シルフィード、そういうことになるのかな？」

ヴラットヴェインに促されたシルフィードが頷く。

「はい。わたくしはヴラットヴェインさまの忠実な僕。わたくしはヴラットヴェインさまのおちんぽ奴隷ですわ。ご主人様の命じられたことでしたら、忠実に実行いたしますわ」

「だってさ」

ヴラットヴェインはどうでもいいことだ、と言いたげに軽く肩を竦める。

「アンジェリカ、わたくしは世界の平和のためには、ヴラットヴェインさまを敵にするよりも、味方にしたほうがよいと考えたのです。あなたはどう考えますか？」

敬愛する上司から水を向けられたアンジェリカは、大真面目で跪いた。

「わたくしは、仙樹教の執行官でございます。仙樹教の大司教猊下であらせられるシルフィードさまが従うというのなら、わたくしも従う所存にございます」

「アンジェリカならそう言ってくれると信じていました。さぁ、こちらにいらっしゃい。一緒にご主人様にご奉仕いたしましょう」

「はい。お手伝いします」

磔刑から降ろされたアンジェリカもまた、修道服の残滓を脱ぎ捨てると、ヴラットヴェインに抱き着いた。

「はぁ、猊下ですら勝てなかったおちんちんに、わたくしごときが勝てる道理がございません」

アンジェリカもまたすっかり蕩け切ってしまった。

ヴラットヴェインは最後に、呆然と立ち尽くしている女に声をかけた。

「ガーベリヌちゃん、キミにはひとつ残念な報告をしなくちゃならない」

「……。聞こう」

ガーベリヌはむすっとした顔で応える。

「きみの敬愛する王子様、死んじゃった」

「はぁ？」

さすがに思いもかけない報告に、ガーベリヌは絶句する。

「エダードくんとやらは、キミがこの洞窟で探検している間に、雲山朝が油断しているだろうと奇襲をかけてダイスト坊やに返り討ちにあったんだって」

「まぁ、さすがお爺様♪」

グリンダは得意満面に歓声をあげる。

表情が消えたガーベリヌは、シルフィードの顔をうかがう。大司教は沈痛な面持ちで首を横にふるう。

「ふぅ」

ガーベリヌは溜息をついた。

「野心家な方でしたから、そういうこともあるのでしょう」

「ガーベリヌちゃん、キミはどうする？」

「……。どうするとは」

ガーベリヌは未だむすっとしたまま質問を返した。

「ここまでたどり着けたというだけで、キミたちもたいした戦士だ。できれば、ぼくのために働いてほしいな」

「断ったら殺すと……」

「ぼくは美人を殺さない主義だから、ご希望ならダンジョンからすぐに送り出してあげるよ。キミの敬愛する王子様は亡くなっても、山麓朝がなくなったわけではない。騎士として、新たな人物に忠誠を誓うのもキミの自由だ」

ガーベリヌは真剣な表情で思案したあと、苦く笑った。

「恥ずかしながら、今更貴様のおちんちんのない生活が耐えられるとは思えん。非才なるわたしには貴様がなにを企んでいるのかわからぬ。しかし、おそらく世間で言われるほどに悪いことではないのだろう。あの幽鬼となった剣士と同じく、貴様に忠義を尽くそう」

怪異な魔術師に歩み寄ったガーベリヌは跪き、愛剣を差し出した。

いわゆる剣の誓いというやつだ。

「まぁ、なんて理屈の多い女ですこと。それに、こういうところで、そういうことするの、無粋じゃありませんこと」

グリンダの嫌みを、ヴラットヴェインはたしなめる。

「彼女にとっては神聖な儀式なんだから、そう茶化すものではないよ」

「……申し訳ありません、師父」

素直に謝るグリンダを横目に、ヴラットヴェインは、ガーベリヌの差し出した剣を受け取り軽く接吻して返す。

「ガーベリヌ。キミの剣は、このヴラットヴェインが預かった。今後はぼくのために振るってくれ」

「承知いたしました。この身、朽ち果てるまで戦います」

こうしてガーベリヌもまた、鎧の残滓を脱ぎ捨ててヴラットヴェインに抱き着いてきた。

「なに恰好つけているんだか。単純におちんちんに負けただけのくせに」

「あら、女がおちんちんを大好きなのは極めて自然なことよ」

不満たらたらなグリンダを、シルフィードがたしなめる。

「まぁ、美人な恋人は何人いても困らないからね。仲良くして、ほら、並んでお尻を突き出して」

ヴラットヴェインが魔法を発動させると、四人の美体を柔らかい粘液が包み込んで浮遊させる。

「こ、これは……まるで水の中にいるようなのに、息も普通にできる……」

アンジェリカは驚愕の声を漏らす。

「もはや、驚くのもバカらしいな。ああん♪」

ガーベリヌはいちいち驚くのも面倒臭くなったと言わんばかりに、浮遊感覚に身を任せた。

ヴラットヴェインが触れていないのに、乳首や陰核は言うに及ばず、女の性感帯がすべてねっとりと揉み解されているのだ。

「ああ、このような人外の快楽を教えられてしまったら、もはや普通には戻れませんわね」

悦楽に溺れる女たちの中で、一人グリンダは抗議の声をあげる。

「師父、いつまでもそんなババアに入れてないで、あたくしの中に入れてくださいませ。わたくしのほうが若い分、肌がつやつやしていて、オ○ンコの中も気持ちいいに決まっていますわ」

「バ、ババア……」

おそらくシルフィードは生まれて初めて浴びせられた呼称だったのだろう。眉間がピクピクと痙攣する。

「こ、小娘がっ⁉　若ければいいというものではありませんのよ。慎みや教養があってこそ女としての魅力がでるのです。そうですよね、旦那様」

「だ・ん・な・さ・ま⁉」

聞き捨てならない台詞に、グリンダが声を裏返す。

「師父にたいしてなんて厚かましい！」

シルフィードのほうも少し不安になったのか、ヴラットヴェインにお伺いを立てる。

「それともやはり、若い女のほうがよろしいのでしょうか？」

「いや、年齢なんて気にすることはないさ。ぼくからみたら、みんな若いよ」

見た目は十代前半。中身は百歳を超えた化け物は、陽気に請け負う。

「よかった。それからぁの、口幅ったいことですが、わたくしヴラットヴェインさまの、その……影女房と自任しております。よろしいですか？」

出家した女は、結婚できない。それでも生身の女だ。恋い慕う男ができてしまうことがある。そんなときひそかにやっている儀式らしい。

シルフィードは必死に言い募る。

「影女房とは教会内だけの夫婦ということです。現世にはまったくご迷惑をおかけしません。わたくしは仙樹教の大司教などという過分な地位にありますれば、ヴラットヴェインさまのなさろうとしていることの手助けになると存じます」

「別に、仙樹教を利用しようなんて考えはないんだけどね。キミがそう呼びたいというのなら構わないよ」

「ありがとうございます。旦那様」

歓喜するシルフィードに、ヴラットヴェインは気楽に提案する。

「影女房なんていわずに、子供を作りたかったら作ればいいよ」

「え、しかし、わたくしは父の命令、国の方針で出家した身。子供を産むことは……」

おろおろするシルフィードにヴラットヴェインは笑う。

「ぼくをだれだと思っているの。気づかれないように出産しちゃえばいいでしょ」

「ああ、旦那様♪」

女ならばだれもが夢見る出産。しかし、シルフィードは、その立場ゆえに諦めていた。それができるというのだ。シルフィードは歓喜して、ヴラットヴェインに抱き着く。

「あはは、ぼくの傍にいれば、人間の法なんて関係ないさ」

歓喜するシルフィードとは逆に、グリンダは激怒する。

「師父!!! 師父の子供は一番の愛弟子たるわたくしが産みますわ」

「あ、こら」

ヴラットヴェインが止める暇もなく、グレンダは空中を泳ぎ逸物を強引に挿入した。

「まぁ、はしたない。これだから若い娘は」

「まぁまぁ、喧嘩しない。セックスぐらいいくらでもしてあげるよ」

ヴラットヴェインが宣言すると同時に、女たちは一斉に快楽に悶え狂った。

全身のあらゆる性感帯を、粘液によって撫でまわされたのだ。まるで舌先で舐めまわさ

れたかのように。

「ああ、旦那さま、おちんぽさまを、おちんぽさまを入れてくださいませ」

「あたしももう限界だ。ぶっといちんちんが好きなの」

「剣の誓いを結んだのだ。剣を、肉剣をくれ」

「師父のおちんちんは渡しませんわ」

悶え狂う女たちに、順番に逸物を叩きこみながらヴラットヴェインは嘯く。

「いや、参った。つい調子に乗って、四人も新しい女を作ってしまった。これって絶対にぼくの悪い癖だよね。こんな飢えた女に言い寄られたら、魔法の研究をする時間がなくなってしまう。まぁ、でも、女ってのは男にとって永遠の研究テーマだよね。おお」

中身は百歳超えの老人、外見は十代前半の少年は、その肉体にふさわしく大量の精液で美しい娘たちを満たしてやった。

「ああん、師父のおちんぽさま、すごすぎますわ〜〜〜♪」

※

かくして、あれだけ熱心にヴラットヴェイン追討を訴えていた仙樹教の大司教シルフィードは、おとなしくなった。

その結果、自然とヴラットヴェイン討伐の熱は下火となったのだが、圧倒的な力を持つ悪の大魔導士という伝説だけは独り歩きしていくことになる。

電子限定
戦国時代を華々しく駆け抜けた武将、水野勝成の
波乱万丈な生涯を描いたエッチな本格大河小説が
装い新たに1～3巻まで好評配信中!!
戦国艶武伝
第3巻
～疾風の抄～
竹内けん
挿絵：金目鯛ぴんく

ハーレムダンジョン
エロ魔術師を退治せよ！

2020 年 4 月 4 日　初版発行

【著者】
竹内けん

【発行人】
岡田英健

【編集】
横山潮美

【装丁】
マイクロハウス

【印刷所】
株式会社廣済堂

【発行】
株式会社キルタイムコミュニケーション
〒104-0041　東京都中央区新富1-3-7ヨドコウビル
編集部　TEL03-3551-6147 ／ FAX03-3551-6146
販売部　TEL03-3555-3431 ／ FAX03-3551-1208

禁無断転載 ISBN978-4-7992-1349-0　C0193